主编 凌翔

让梦想照进现实

王纪金 著

民主与建设出版社
·北京·

© 民主与建设出版社，2020

图书在版编目（CIP）数据

让梦想照进现实/王纪金著.—北京：民主与建设出版社，2020.2

ISBN 978-7-5139-2934-9

Ⅰ.①让… Ⅱ.①王… Ⅲ.①散文集－中国－当代 Ⅳ.①I267

中国版本图书馆CIP数据核字（2020）第033071号

让梦想照进现实
RANG MENGXIANG ZHAOJIN XIANSHI

著　　者	王纪金
责任编辑	周佩芳
封面设计	陈　姝
出版发行	民主与建设出版社有限责任公司
电　　话	（010）59417747　59419778
社　　址	北京市海淀区西三环中路10号望海楼E座7层
邮　　编	100142
印　　刷	唐山楠萍印务有限公司
版　　次	2020年7月第1版
印　　次	2020年7月第1次印刷
开　　本	710毫米×1000毫米　1/16
印　　张	14
字　　数	200千字
书　　号	ISBN 978-7-5139-2934-9
定　　价	39.80元

注：如有印、装质量问题，请与出版社联系。

目 录

第一辑　励志小品

让梦想照进现实　002
沉潜　004
给生命留白　006
拿破仑的眼泪　008
真水无香　010
在羡慕的两岸　012
期待下一次的美丽　014
心若有阳光　016
我不愿跪着　018
笨有笨的作为　020
享受无法回避的痛苦　023
门原来是虚掩的　026
一美元和一万美元　028

为自己点灯　030
请在失败的河边摘一个苹果　032
筛子装满水　034
只不过是从头再来　036
一切皆有可能　039
快乐随身携带　041

精彩地活下去　043
宽容是一道照亮灵魂的光芒　045
幸福是灵魂的香味　047
痴心一片留诗梦　049

第二辑　深情如歌

人生若只如初见　054
我们老得太快，却聪明得太迟　056
博客，有一种留言叫友谊　058
矮小的母亲矮小的我　060
半夜吃西瓜　066
父亲的爆米花　068
孩子，把脚伸直来　071
母爱是佛　073
母亲的搪瓷缸　077
人生最后一句话　079
难忘腐乳炒竹笋　081
日子过得有点糊　083
红袖添香夜读书　086
世界上所有的深情　089

第三辑　诗意人生

虞美人，花中美人魂　100
诗心一片惜落花　102

男人哭吧哭吧不是罪　104
与美同行　108
烂漫的诗心　110
思念是辩证的生活　112
烟雨凄迷游越王山　114
明月我心　117
孤帆探美　122
乡村的诗篇　125
历史的河边站着三个俊美的男子　127
青蓝四载，弦歌廿年　129
桃花恋歌　132
四季飞歌　135
我的城，淡如轻烟　138
白鹭是首精美的诗　140
游竹山洞记　143

第四辑　岁月品悟

牛　146
怀念老溪　149
初入大学有点涩　152
春风一夜吹乡梦　155
创作需要一个宽松的心境　158
莫让美玉永没石中　162
中学时代的三个室友　164

不完美才是人生　167
人心最怕是孤独　169
关于告密及孔子的态度　171
文字里的那些有趣的破绽　174

第五辑　杏坛情怀

书生之三十三快哉　180
不给平庸找理由　183
我爱笨孩子　186
民间优秀教师　189
子非鱼　191
杏坛诗意栖居　194
平凡的幸福　197
诗情洋溢师生河　199
我们教过多少"乌龙知识"　202
学生如子涉世初　204
萤火虫吃蜗牛　206
成长在温柔呵护中　209
我和傻小子有个约定　213
高考前的生日之花　216

第一辑　励志小品

让梦想照进现实

有位诗人写道：我们在梦里走了许多路，醒来后发现自己还在床上。人生常梦，如果不付诸行动，人生总在原点徘徊。

梦想好比是天上的月光，如果一直被黑云笼罩，光芒就照不进现实的土地。

世间有一剂温柔的毒药叫做闲适。一份稳定的工作，一份过得去的薪水，我们满足在其中。白天按部就班机械地工作，晚上陪家人守着电视机闲聊，或者在麻将桌上酣战一宿，美其名曰：悠游岁月。日子如水，我们就这样慢慢地漂白了双鬓。

人皆常梦，梦中经历风云变幻，披荆斩棘，乘风破浪，意气昂扬；梦中做了骑士，手举长剑，睥睨大地，傲视苍穹。醒来后，心弦紧绷，慷慨激荡。

但是禁锢也随之而来，禁锢梦想的就是闲适之心。"已经不错了，还那么辛苦，何苦来哉！"闲适是个温暖的情人，用温柔包围着你，消磨你奋斗的激情；"你那么辛苦，一定会成功？值不值啊？"闲适是个狡猾的敌人，用未来的不可知论软化着你，让你失去奋斗的勇气。

是啊，奋斗了就能成功吗？不一定的。许多人不是为理想跋涉后，风尘满面身心疲倦地回来了吗？成功就是金字塔的顶端啊，越往高处人越少。

于是内心那条本就暂时紧绷起来的弦，立即松弛了。于是我们的日子就在大地上平庸地徘徊。

不，这不是我们所要的人生，登高望远才是我们的人生。站在大山顶端的身影尽管有些苍凉，但是眼中是无限风光，灵魂也长出了翅膀。

是为了吃饭而工作，还是为了理想而工作？我想人人都在思考。人是要有点精神的，终其一生平庸地行走总是悲怆落寞。人生的长度可以用时间来衡量，人生的意义却穿越了历史，跋涉者所追求的魅力就在于此。

人为梦想，就必须放弃安逸。冰心说：成功的花儿，人们只惊羡它现时的明艳，然而当初它的芽儿浸透了奋斗的泪泉，洒遍了牺牲的血雨。我们敬佩成功者，更为他们奋斗的足迹所激荡。当人们在温暖的屋子里闲坐时，他们在风雨兼程；当人们在享受闲暇浪漫时，他们在刻苦钻研；当人们在酒桌上觥筹交错时，他们在跋山涉水。

有梦就要追。也许，不是每颗种子都能开花，但是不努力发芽就永远见不到阳光；不是每条小船都能到达彼岸，但是如果不下水搏击风浪，就永远在平静的港湾里叹息。

把闲散的时间汇聚起来，从安逸中抽身出来，静下心来钻研业务，充实自我。当汗水化开了那片遮月的黑云，梦想的月光就照进了现实的土地，我们的人生也从此丰盈而美丽！

沉潜

《深蓝》是一部非常优秀的纪录片，看完后，我对企鹅登陆的场面尤为震撼：在南极，海水中的企鹅要想上岸，总是猛地低头，从海面扎入海中，拼力沉潜，潜得越深，海水所产生的压力和浮力越大，企鹅一直潜到适当的位置、深度，再摆动双足，迅猛向上，犹如离弦之箭蹿出水面，腾空而起，落于陆地之上，画出一道完美的U形线。

企鹅的沉潜引发了我对自然以及人生的思索。企鹅的沉潜其实是为了蓄势，看似笨拙，却富有成效。在自然界，沉潜的法则随处可见：蝉虫多年在黑暗的地下修炼，最终换来响彻四周的引吭高歌；蚌壳强忍沙子磨砺的强大痛楚，最终孕育出美丽的珍珠；树将根深深扎向泥土之中吸取养分，最终蓊郁遒劲耸入云霄。企鹅的沉潜也给了我们很大启示：人生也需要沉潜。

"十年寒窗无人问，一朝成名天下知""不鸣则已，一鸣惊人"，这是沉潜；作家经过数年乃至数十年光阴的笔耕不辍，著成经典著作而蜚声中外，这是沉潜；武功大师走入森林或者石洞闭关修炼，将功夫修炼到出神入化的境界，这是沉潜；我们平日里全力经营好并且发展好自己的事业，这也是沉潜。

沉潜的日子是平静的，现在的平静是为了积聚力量，是为了丰富学识，就像平静的大海内部孕育着海啸，正如平静的地底孕育着火山，正如平静的云层中孕育着霹雳。

但是这平静不是人人能够忍受，因为平静往往显得"冷"，现在的人多喜欢喧闹浮躁。有些人不懂得沉潜，有点小慧就锋芒毕露，耗费了修炼提升的时间；有点小成绩就到处显摆，耽误了学习的机会。更有甚者，很多人根本不去沉潜，他们只把工作当成饭碗，有空就在扑克麻将桌上混，浑浑噩噩，尸位素餐。

沉潜的人就像是古井，质朴无华，默默阅读人间沧桑，默默吸收日月精华，将心灵的一泓泉水修炼得清冽甘醇。他们兢兢业业，默默钻研，即使是下班之后也不忘学习提升。他们现在也许很平凡，但这只是沉潜的平静，将来的某一天，你会看到他们的横空出世和耀眼星光。沉潜就是高亢前的酝酿，绚烂前的孕育，腾飞前的蓄势。蓄势而发，鹏城万里！

给生命留白

"留白"是中国书法和绘画的一种布局艺术,是指在适当的地方留出空白,画面不能太挤、太紧。正是这留出的空白,为读者的审美思维提供了想象、品味、鉴赏的空间,也让作品有了更持久的生命力。比如中国水墨画中的留白,可以代表天、水、云、雾、雪等,并让人从中衍生出很多意味,如广大、单纯、静谧等。看似不着墨,而实际是意在墨外,画意深远。

其实不仅是书法、国画,京剧、雕塑、围棋、文学等无不如此。京剧中,在舞台上摆一张椅子,演员拿一根鞭子,人们便会想象有英雄打马从山中经过;断臂的维纳斯,如果补上两条胳膊,人们反而觉得美神缺少了许多况味;禅宗的偈子,也是一种留白的哲学,禅师劝诫世人总不把话直接挑明,而是隐喻式地让人去琢磨领会,从而让其彻悟;写碑文,人们往往将主人公一生功绩直书其上,而武则天的无字碑却让世人品味良久,让人苦苦追寻她的人生轨迹,去评判她一生的功过。

为人处事,也应学习"留白"的艺术。在生活、工作、学习中,给自己留白，也给他人留白，你会发现生活原来那么丰富多彩。不去过分追求完美，给自己留白，就不会让郁闷侵蚀自己的灵魂。"水至清则无鱼，人至察则无朋"，对待朋友，不妨留白，让朋友保留个人的世界，也不把自己毫无保留地坦白给朋友，空白之处友情自然会去填充。对待他人不妨留白，别人有自己的个性、尊严，不要把自己的价值观念和生活习惯强加于人。工作和学习，如果时时绷紧一根弦，久了就会断，不妨留白，保持充足的休息时间，反而更有效率，弦也会保持恒久的弹性。处理事情要留白，佛曰"凡事太尽，缘分势必早尽"，凡事留有余地，就有回旋的机会，在世事应酬中就会潇洒自如。

国画中的留白艺术其实是"不画为画"的境界，"留白"是有意为之，人生留白是为了获得更大的发展空间。正如画满幅的树林古寺，不如只画一个挑水的和尚；正如给人一堆鱼，不如给人一张捕鱼的网。饭不吃得太饱，话不说得太满，天开地阔，心高路远。

林语堂先生说："看到秋天的云彩，原来生命别太拥挤，得空点儿。"给生命留白，这是生活的智慧，也是创造的艺术。请别让生命太拥挤，请给生命留白，让自己在复杂的社会中伸缩自如，左右逢源。

给生命留白，让生命之树常青，让生活之花灿烂！

拿破仑的眼泪

　　拿破仑在入侵罗马时，带着大炮马匹，翻越了看似无法翻越的阿尔卑斯山。他率部下进入圣彼得大教堂，欣赏达·芬奇的画。副官非常意外地发现拿破仑在流泪，于是问道："将军，您翻越了险峻的阿尔卑斯山，在困难面前，您连眼睛都没有眨一下，为什么却要在这幅画面前流泪呢？"

　　拿破仑静静地擦去了脸上的泪水，说道："我虽然频频告捷，征服了广阔的领土，可是，同达·芬奇用画笔征服的人类精神领土相比，其实我什么都不是。我所征服的领土，只是在征服期内由我控制；而达·芬奇征服的领土却是永恒的，所以，我才会流泪。"

　　一个叱咤风云、不可一世的帝王在伟大的艺术面前，感到了自我的渺小，流下了热泪。拿破仑对人生做了一次哲学的思索。人生一世，如白驹过隙，相对于宇宙之亘古，是何其微渺。苏子曰："寄蜉蝣于天地，渺沧海之一粟。哀吾生之须臾，羡长江之无穷。"也许越是伟大的人，越是谦逊的人，越会生发人生短暂的感慨。

人总想延伸生命的长度，所以嬴政自称始皇，希望二世三世以至万世；所以许多君王迷恋炼丹，希望长生不老。人都在追求永恒，人何以达到永恒？是拥有物质、权位，还是拥有丰厚精神？拿破仑的眼泪已经给了我们答案。

拿破仑是永恒的，但是能像拿破仑一样的人又能有多少？古代多少高官富贾，我们却无法得知他们是谁，他们一生都在为权势、利益而奔走，也曾显赫一时，最终为历史长河的流水冲刷而去。古时多少状元，除了一个文天祥，我们再难以说出他们的名字，他们曾才华卓绝，但因为后来荣华富贵加诸身，逐渐湮没在历史的风尘中。

倒是许多生前失意落魄的文人艺术家，我们却耳熟能详，我们能扳着手指历数他们的名字。我们不是在帝王大臣、巨商富贾的权术经营术的指引下，而是在文人艺术家的作品熏陶下走上人生之路的。海子说"秋天深了/王在写诗"，也许他们没有在生活的舞台潇洒灿烂，但在精神的国土上却成为了永恒的王者。

现在有很多人，本来艺术禀赋超群，但是为了名和利，他们放弃了手中的笔，放弃了创造的心，任凭欲望无休止地侵略着他们的人生。柏拉图说："如果你有两块面包，你当用其中一块去换水仙花。"诗意的栖居者，应该在提升生命物质含量的同时，用精神去延伸生命的长度。

真水无香

　　世界上那些至真至纯至美的东西，总以朴质面目示人。天空广阔无垠，却总以简单的色彩示人；高山壁立千仞，总以静默的姿态示人。

　　上善若水，水浸润万物滋养生命，可谓造化中功绩为最者，对于水，我们充满了生命的礼赞与敬仰。然而水无色，无味，无香。真水无香是一种境界：朴质，自然，平静，淡雅，透彻。洗尽铅华本真为人，乃天下至美。

　　有一种品格叫做真水无香。大智慧大学问者身上往往有一种大修为，充满了前进的力量。他们将整个身心都浸润在学术研究中，不求显贵不求虚名，谦退不争，朴质淡雅。爱因斯坦留给世人平易朴素的外表，他拒绝出任总统，他把千元钞票当作生活的一张书签；居里夫人生活俭朴，她捐赠出价值高昂的镭和大量的奖金，她把奖章给孩子当玩具；国学大师钱钟书淡泊恬静，他拒绝电视台的报酬拒绝接受采访，他不虚掷光阴于交游。他们都打造了科学文化史上难以企及的高峰，生活中的他们率真而朴实，像山涧泉水一般默默流淌。但是他们，永远地成为了世人心中最美丽最芳香的记忆。

有一份深情叫做真水无香。有一种人，在你痛苦时，他会向你伸出温暖的手；在你孤独无依时，他的肩膀时刻准备让你靠；在迷路时，他会指引你正确的方向然后消失在人海。他的语言并不动听，却慰藉心灵；他的力量并不强大，却点滴成海。他不是你爱情的火焰，也不是你友情的花朵。他可能在你身边，他也可能远在天涯。你可能见过他，也可能一生都不知道他真实的身份。你会觉得他很缥缈，但用心体会就能感觉到他的存在。他拥有很多个名字：志愿者、雷锋、微尘、丛飞……

有一种挚爱叫做真水无香。这份爱很平凡，平凡得就像脚下厚实的土地，平凡的就像周围呼吸的空气。他也许很少言语，简简单单，也没有什么重大的举动。他的付出不找理由，他的付出不求回报。我们每个人正是呼吸着这份爱的空气，踏着爱的土地才走向了辉煌的未来。他就像一层温润的苞衣，呵护你的成长岁月，萦绕着你的一生。每次想起他，你就会泪流满面，他，就是你的父亲，你的母亲。大音希声，大爱无形！

在羡慕的两岸

　　每个人的心中都有一条叫作羡慕的河流，从心灵深处的清泉中缓缓流出。人们撑着小船在河中欢快地向前行进。羡慕河流的两岸都是山，高耸入云。山上一年四季开满鲜花。左岸山上的花是红色的，右岸山上的花是黑色的。

　　船儿行至中途，许多人停下歌唱，他们被这些漂亮的花儿吸引，纷纷上山采摘。两岸的鲜花都有一个共同的特点，刚刚被采摘的枝头立刻就会拱出新的芽儿，芽儿一眨眼的工夫又长出了新的花朵，还是那么艳丽。人们在山上忘情地采摘，他们之中很少有人再下到河中。因此两岸的山上总是挤满了人。

　　左岸山上的人们抱着鲜花，吸吮着芳香的气息，慢慢地向山上攀登。他们怀着虔诚的心往上走着，每走一步，他们都会丢下一枚花瓣，让后来的人们踩着鲜花铺满的道路前行；每走一步，他们都会将山色峰岚摄入心底，让心灵充盈又轻灵。山路虽然陡峭布满荆棘，步履虽然艰涩，但是前方总有美丽的声音在召唤，于是人们将汗水化作了攀登的翅膀，将执着当作了前进的力量。他们唱着动听的歌儿，一直向前，向上……也许，不是人人能抵达峰顶，但是人生已经在攀登的路上熠熠闪光。

右岸山上的人们对黑色的鲜花充满了好奇，采摘第一朵后，香气就使他们大脑晕眩。渐渐地，他们迷失了自我，面色沉重。黑色鲜花的香气中有种特殊的功能，每走上一段，人们的眼前就会出现一幅美丽的幻境，让表情呆滞的人们有了亢奋情绪。但是亢奋维持不了多久，心的温度又冷却下来。他们走向山顶的道路并不崎岖，也不陡峭，满地的黑色花瓣被人踩过，成了一摊摊黑色的腻滑的泥浆。人们只顾着欣赏前面的幻境，却不注意脚下打滑的黑色道路，滑向了悬崖……

在羡慕河流的两岸有两座高山，左岸是崇敬，右岸是嫉妒。

期待下一次的美丽

　　曾经在报上读过一篇文章，说居里夫人把诺贝尔奖的奖章给孩子当玩具，看后我感触很深。

　　能够获得诺贝尔奖，可以说是人生成功中之至大者。我想这个奖章本应该是放在家里最保险的地方，妥善保管。可是在居里夫人的观念中，这个成功已经过去，没有再提的必要了，于是奖章与家里的其他物品并无两样。荣誉已经取得就过去了，奋斗的脚步还在向前迈进，她在进行下一个研究课题，她在期待着下一个成功的到来。

　　曾经有人问球王贝利，你最漂亮的进球是哪一个，他笑笑说，下一个。

　　雕塑家罗丹也用自己的雕刻刀告诉世人，他最满意的雕塑是下一座。

　　这些卓越的人留给了世间一个又一个重大的科研成果，一个又一个令人激动的瞬间，一座又一座难以企及的高峰。是的，他们没有因取得的荣誉而沾沾自喜，骄傲自满，他们没有为声名所累，他们并不因为曾经的成功而失去超越自我的锐气，成功后的他们总是在期待下一次的美丽。

因为期待下一次的美丽，硕果累累的科学家、著作等身的文学家不愿意参加庆功的宴会，不愿意面对媒体的镜头，而是呆在实验室里工作，呆在书房里书写。他们的人生价值就在超越——遗忘——自我超越中得到了扩展和升华。

相反，江淹写完了《别赋》自我满足，因此江郎才尽；有人因科研成就获得财富后感到满足而潇洒人生，给自己奋斗的历程画上了休止符。

我喜欢看 NBA 职业篮球赛，那些球星个个头上顶着光环，人人拥有百万千万财富，但是他们仍然奔跑在赛场上，仍然在受伤流血，他们仍然在人生的赛场上奋力打拼，他们在期待下一次美丽的进球。

人生经常充满期待，这本身就是一种美丽。记得在学习写作的那几年，我天天在焦急期待着文章能够印成铅字，当收到杂志社寄来的样刊后，我欣喜若狂，甜蜜无比。是的，我要期待的就是这种感觉。但是兴奋只维持了三分钟，我又开始了写作，我又开始了期待，期待着下一本样刊能够快速飞来。这种心情一直沿袭到今，每天我都用勤奋写作来期待。

期待下一次的美丽，也许我们会因此而冲淡了一些现有成功的喜悦，而且期待不等于等待，期待还要我们不停地付出艰辛的劳动，但是我们的人生会因此而充满激情与斗志。

人的一生中有一个大理想，它由无数的阶段理想构成，成功的人生也由无数的阶段成功构成。在成功面前，请"勿以物喜"，别停止脚步，那么我们双脚丈量的人生就更加宽广。

期待下一次的美丽，于是怒放的鲜花对自己说，我最美丽的姿态在下一个春天；于是奔涌的水流对自己说，我最激越的声响在冲刺下一个峡谷时；于是站在山顶的攀登者对自己说，我看到前面还有一座更高的山，我最美丽最灿烂的微笑在下一座山顶上。

心若有阳光

佛陀在旅途中，碰到一个不喜欢他的年轻人。相伴走了好长一段路，年轻人用尽各种方法污蔑他。佛陀丝毫不理会，后来年轻人也就没趣地走开了。

有人不解，问佛陀为什么不对年轻人反击。佛陀对那人说："若有人送你一份礼物，但你拒绝接受，那么这份礼物属于谁呢？"那人回答："属于原本送礼的那个人。"佛陀笑着说："没错。我没有接受年轻人的辱骂，那年轻人不就是在骂自己吗？冤家宜解不宜结，心灵有阳光，仇恨的水就不会结成冰，就自然流走了。"

大哉，佛陀！在日常生活中，人与人之间少不了会发生矛盾，甚至是结下仇恨。佛陀对待仇恨的态度是一种大智慧。对待仇恨最好的办法就是不理会，绕开它，那么我们也会天天生活在快乐之中。因为仇恨就像冰块，只要我们心灵充满阳光，那么仇恨自然融化成水流走了。

但是在生活中却总有人，对仇恨一直耿耿于怀，一直睚眦必报，这种冷酷的心态，使仇恨的冰块在心中越结越厚，使仇恨不断升级，从而使得自己生活得很不愉快。

古希腊有一个大力士名叫赫格利斯，所向披靡，无人能敌。一天他行走在一条山路上，险些被一只袋囊绊倒。他猛踢一脚，那只袋囊却气鼓鼓地膨胀起来。赫格利斯恼怒了，用拳头木棒朝它狠狠地打去，但它依然如故，仍迅速地膨胀着，最后将整个山道都堵得严严实实。过了一会儿，一位智者走来说，它叫"仇恨袋"，当初，如果你不理会它，或者干脆绕开它，它就不会跟你过不去，也不至于把你的路给堵死了。

心灵有阳光，仇恨的水就不会结成冰。

我不愿跪着

还记得小学三年级时，我担任了班长。也许是"自然灾害"吧，我天生个子矮小，与我的热情、嗓门，更与我担任的职务成反比。在同学眼中班长几乎是"打小报告"的代名词，所以我经常受同学"报复式"的欺侮。

那次放学回家的路上，两名高个子同学拦住了我。他们质问我为什么向老师打小报告，我义正词严地回答了他们。他们一脸坏笑地对我说："你让我们受了老师的惩罚，你也要受到我们的惩罚，给我们跪下。"也许是要维护班长的威信，也许有一种与生俱来的东西在激荡着我幼小的心灵，我似乎懂得，给人下跪是一种奇耻大辱。我抬起头，倔强而又响亮地对他们说："我不跪，打死我也不跪。"他们似乎被我的大嗓门给唬住了，最后每人给了我一巴掌，走了。

那次没有下跪，让我非常庆幸，也让我明白了，在下跪面前，两个巴掌显得是多么的微不足道！因为挨巴掌后的烧灼之痛一个小时以后就可以平复，而假如我下跪，那将会给我的心灵刻下永久的疤痕。

同学受了欺侮，我报告给老师，而身为一班之长的我挨了打，却只能自己暗暗挺着。我那时也不知从哪里学来的这套"官场哲学"，它让个子矮小的我连续担任了六年的班长。

　　后来在学习和成长过程中，我知道了，"愚公移山"不畏辛劳，是不向艰难困苦下跪；屈原汨罗投江是不向污浊的世俗下跪；陶渊明悠然南山，是不向"五斗米"下跪；李太白饮月眠花，是不向"袍笏加身"下跪；文天祥笑叹零丁，是不向屠刀闪现的"威武"下跪。多少志士仁人为民请命，多少文人学者勤奋钻研，他们用汗水与热血谱写了华夏正气歌，他们用勤劳和智慧铸就了中华如山的脊梁。人世间有一种瑰丽而刚硬的人性，叫作尊严，叫作光荣。

　　十几年前，我被一个名叫孙天帅的小伙子深深感动。面对外国女老板声色俱厉的威吓，厂房里一个个中国工人泪流满面地弯下了双膝，尊严在膝盖与水泥地板的撞击声中悄然流逝。这时，孙天帅一声大吼："不要跪，不下跪的跟我走。"说完甩甩衣袖，昂首挺胸地走出了工厂大门，一大伙人跟在了他的后面，外面天空湛蓝阳光灿烂。著名诗人王怀让得知这一消息，欣然写下了长诗《中国人——不跪的人》，那一句句感情饱满而又激扬的文字就像一朵朵铿锵玫瑰，阵阵馨香直渗入灵魂之中。

　　男儿膝下有黄金，中华儿女上跪皇天后土，下跪祖宗爹娘，怎能随意下跪？但是现在有些人却把跪着当成了人生的一种生存方式。参加工作近十年，其中耳闻目睹诸多事情引发的诸多感慨萦绕心间，有人向金钱下跪，有人向权势下跪，有人向毒品下跪，有人向黑势力下跪……甚至还有人在一些报刊上鼓吹说，下跪是人生追求理想的一段引桥，要讲究下跪的方式与姿势的美感。诸如此类的文字泛滥着，真让人触目惊心。

　　我只是一个普普通通的人民教师，我想，任何一个平凡的人的一生中都会有一次引以为自豪的伟大，那一次没有下跪的经历让我感动一生，自豪一生。是的，我只想告诉你，我不愿跪着！

笨有笨的作为

近日，我又把奥斯卡获奖影片《阿甘正传》看了一遍，这已经是我第四次看这个片子了，每次看都受益匪浅。

影片中，阿甘是一个 IQ 仅仅七十五的低能儿。母亲教导他说，笨有笨的作为。阿甘擅长跑步，他就一直奔跑，最终跑成了橄榄球巨星、越战英雄、亿万富翁，甚至跑遍了全美国，跑出了精彩人生。

有人也许会说，阿甘的成功其实是遇到了许多机遇，是碰巧。这话不对。跑，只是阿甘的外在表现形式，而真正的阿甘精神其实是坚忍执着。阿甘对爱情专一，他一生只爱着一个女人珍妮。不管珍妮有了男友，还是珍妮堕落，阿甘始终爱着她，最后两人终于结合。阿甘对朋友重情重义，说到做到。越战时他答应好友巴布一起去捕虾，巴布战死沙场，阿甘退役后和双腿残疾的丹中尉下海捕虾，成了亿万富翁，他让巴布的母亲拥有了股份。他对名利不屑一顾，坚持着内心的慈善。母亲告诉阿甘"钱够用就行，多余的钱只是摆阔而已"，于是阿甘把捕虾事业交给了丹中尉，把多余的钱修教堂，助医院，自己则做了一名园丁。更有甚者，珍妮悄然走后的那天，阿甘用跑步的方式来散心，结果这一跑，他竟然跑了三年两个月十四天又十六个小时，穿越了美国，阿甘又成了新闻人物，身后聚集了一大帮的跟随者。

阿甘确实很笨，科学测定如此，他身边的人也都这么说。但是笨笨的阿甘一直坚持笨笨地做着笨笨的事情，他成功了。

笨的反义词是聪明，是精明，但是许多聪明人甚至精明人一直过着一种世俗的平庸的人生。且不说聪明反被聪明误，就说精明的人，他们对于一件事情总是喜欢权衡利弊，计算得失，因此在很多事情上缺少了恒久的耐力。成功并非一两天的事情，只顾及眼前的利益大小来做某事，未免过于促狭了。

许多科学家在精明人的看来是很笨的，他们一天到晚生活在实验室，缺少灯红酒绿，缺少莺歌燕舞，比如居里夫人，一个文静漂亮的女性，整天与瓶瓶罐罐打交道，让青春的娇美容颜静静地流逝，但正是这个女性，推动着人类科学向前迈进了一大步。许多学问家在精明人眼中也是很笨的，一天到晚沉浸在文字中，不屑名利，缺少交际浪漫。比如钱钟书，一个学贯中西的大学者，本来可以借自己的成就在镁光灯下或政治上风光一把，但他没有，他潜心钻研学术，把自己打造成了中华人文学术的一座令人仰望的高峰。

说科学家与学问家，似乎扯远了，而其实，阿甘精神的实质与科学家学问家的精神是相通的。

中国有句俗话"笨鸟先飞"，还有一句话叫"勤能补拙"。也许，上天没有赐给我们聪明的大脑，但是我们可以通过后天的努力去弥补。也许，你的身体有天生的缺陷，但是精神上不能有缺陷。如果总是觉得自己笨，怨天尤人，坐以待毙，你的人生就是阴暗的。"有人帮你是你的幸运，无人帮你是公正的命运"，不要指望依靠别人，生活的天地靠自己的双腿来奔跑。"三分天注定，七分靠打拼"，心中有了理想，就只顾风雨兼程，有一天你也会登上成功的顶峰；"三更灯火五更鸡"，多少人就是发扬了那种执着的笨精神，书写了人生灿烂篇章。

　　坚忍执着，笨有笨的作为！

享受无法回避的痛苦

我很喜欢一句话：请享受无法回避的痛苦。

人人都希望有一个健康的身体，可是有许多人是先天残疾，有许多人遭遇灾祸。身体残缺了，现代医学无法修复这段残缺。巨大的痛苦，无法回避，但生活还得继续。与其怨天尤人，与其悲观颓废，不如正视它，享受它。于是残奥会上出现了许多矫健的身影，于是生命的奇迹榜中出现了许多杰出的英雄：霍金、贝多芬、多明尼克、司马迁、张海迪、史铁生……于是无数的断翅的天使在阳光下快乐地歌唱着《劳动最光荣》。

身体的残疾可能最难让人逾越。相比之下，我们是幸运的，拥有健全的体魄。

谁都希望一帆风顺，可是生活如河流，时刻会有惊涛骇浪，痛苦无法回避；谁都希望按照自己的意愿过自由快乐的生活，可是人生路上有许多坑洼坎坷，痛苦无法回避。与其怨天尤人，悲观颓废，还不如把这份痛苦当作生活的常态，享受它。

一直相信奋斗可以改变生活，但是经历一段段失败的磨砺后，我才知道有时生活会跟你开玩笑：总让你经风雨，就不让你见彩虹。

工作之初，我并不想教书，更不想教语文。社会上流传一句顺口溜："上辈子杀了猪，这辈子来教书；上辈子杀了人，这辈子教语文。"我想能写出这句顺口溜的人肯定是位语文老师。刚毕业时，我曾经想了很多办法不去教书。涉世不深的我竟然买了一包好烟，走到乡政府，问他们要不要人，还说我是本科毕业生，发表了很多文章，文笔很好。乡政府的人不像我想像中的那么有人情味，他们竟然大笑着叫我离开。我在无奈下走向了学校，走进了语文课堂。我惊奇地发现我的性格、我的学识似乎很受学生欢迎。我爱上了教书，我觉得教书很快乐。

但是现实总有些东西羁绊着你，让你无法安心做事。教师实在太穷了，那时候，我每个月的工资不够花。我很羡慕那些分在银行、税务局、供电局的同学，他们似乎太有钱了，每次与他们见面我都很自卑。我选择了出去打工，我要挣回一份自信。在异乡，我找不到其他工作，仍然当了老师。自信没有挣回，却把一段青春丢在了他乡。

回到家乡，我被选调去机关工作。在机关的日子，我无法适应，我无时无刻不在想着教书。"曷不委心任去留"，后来我选择了回到学校任教，把教育当成了我毕生的事业。

教书生涯中还是会面临许多让人头痛的问题，比如学生刁蛮不受教化，比如关于名和利的纷扰等。而这一切，我都不再把它们当成是痛苦了。学生刁蛮，我想办法感化他们，想办法的过程是愉快的，感化成功后更是愉快的；面对名利纷扰，我已经学会了淡定从容。我全身心地投入了教育教学的研究与实践中，取得了不错的成绩，也发表了许多论文。

我想教师大致可以分为三类：教书匠、教育者、教育家。教书匠是生计而教书，工作被动的；教育者是把教书当成一种事业，工作是主动的。教育家是把教书当成一种人生境界来提升，他的教育方式方法是系统的有机的，而教育者的是零星的无机的。

参加工作十三年来，走过了人生的浮躁期，我沉静了下来，心灵若彩虹般灿烂。我想我已经走过了"教书匠"时期，正在"教育者"的道路上阔步前行着，正在走向教育大道的下一个辉煌的站点。

也许还有人把教书当成是一种无法回避的痛苦，而我，正在享受它！

门原来是虚掩的

　　1968年，在墨西哥奥运会的百米赛道上，美国选手吉·海因斯撞线后，看到记分牌上的指示灯打出9.95的字样后，他自言自语地说了一句话。这一情景通过电视转播，至少好几亿人看到了，但是他说了什么，谁都不知道。直到十六年后，记者戴维回放奥运会的资料片，发现了这个镜头。他于是采访海因斯，海因斯说："我当时说的是，上帝啊！那扇门原来虚掩着。"海因斯接着解释说，当时医学界断言，人类的肌肉纤维所承载的运动极限不会超过每秒10米，当看到自己9.95秒的纪录之后，他惊呆了，原来10秒这个门虚掩着。

　　是的，海因斯说的很好，前进道路上的门其实是虚掩着的。这个世界有许多的门都是虚掩着的，然而由于种种原因，许多人终其一生都在门外徘徊。成功也是一扇虚掩的门，有时候推开这扇门，比移掉一座大山还要困难。成功需要智慧和力量，但是更需要自信与勇气。有许多人畏惧这扇门，不但不敢推开，反而在心里为门上了一把锁。他们喜欢自轻自贱，他们习惯性地怀疑自己。他们常说"世界没有了我，地球照样会转",他们常说"我不会成功的,我没有这个能力"。于是遇到一座高山,他们就打道回府;于是遇到了一个难题,他们就说不可能;于是碰到了一个强大的对手,他们就怯场。他们失败,不是败给了奋斗,而是败给了自己。阻碍成功的,不是客观的条件,而是他们心里的那把锁;限制前进的,不是面前的那座山,而是压在他们心头的山!

其实,自然已经昭示我们,成功的门是虚掩的。能登上金字塔顶端的,除了矫健的雄鹰,还有渺小的蜗牛;无论是多大的石块,水滴总能把它滴穿;一只蚂蚁能够举起超过自身体重四百倍的东西,还能够拖运超过自身体重一千七百倍的物体。

其实,前人的奋斗历程已经昭示我们,成功的门是虚掩的。以两万兵力,对抗四十万军队,你怕吗?项羽不怕。经过一番破釜沉舟,他带领两万人打败秦军四十万军队,赢得巨鹿之战的胜利。失败一千次,你怕吗?爱迪生不怕。在试验过去一百多天,试用的灯丝材料已逾一千种之后,他发明了电灯。

卡耐基说:有自信就年轻,畏惧就衰老。安东尼说:如果你相信会成功,信念就会鼓舞你达成;如果你相信会失败,信念也会让你经历失败。拿破仑说:困难要靠自己克服,障碍要靠自己冲破,在我的字典里是没有"难"字的。

所谓高山,不过是垫起你人生高度的底座;所谓困难,不过是上帝包装后的礼物。不要怀疑自己,更不要轻言放弃。花儿不努力开放,就不会知道自己鲜艳芬芳;人不全力以赴,就不会知道自身的能量有多大。

请拿出你的勇气,大声地说一声"我能行",然后义无反顾,然后奋力前行。你会发现荆棘匍匐在我们脚下,难关已被我们突破,眼前,有一扇虚掩的门向我们缓缓开启,门上写着两个大字:成功!

一美元和一万美元

1923年,美国福特公司有一台大型电机发生故障,全公司所有工程师会诊数月毫无结果,便邀请了电学天才斯泰因梅茨前来诊断。他经过仔细检查测量和反复计算以后,用粉笔在电机的某处画了一条线做记号,对经理说:"打开电机,把做记号地方的线圈减少十六圈就行了。"工程师们照办,结果电机正常运转。

事后,斯泰因梅茨向福特公司要一万美元作为酬劳。有人嫉妒说:"画一根线索要一万美元,这是勒索。"斯泰因梅茨听后一笑,提笔在付款单上写道:"用粉笔画一条线值一美元,知道在哪里画线值九千九百九十九美元!"

看完这则故事,我不禁为斯泰因梅茨的聪明才智而惊叹,却更为他写在付款单上的那句话而折服。冰心曾经说过:"娇艳的花儿,人们只是惊羡它现时的明艳,然而当初它的芽儿,浸透了奋斗的泪泉,洒遍了牺牲的血雨。"用粉笔画一条线很容易,然而懂得在何处画线却需要渊博的知识积累,谁又能了解这条简单的白线后面蕴藏了斯泰因梅茨多少求知奋斗的血汗与故事呢？

　　学海无涯，求知是一条艰难坎坷的道路，跋涉者需要忍受漫长的孤独，需要承受巨大的苦痛。然而现实中，求知路上，有人迷失了，有人偏离了，有人半途而返，有人畏而却步。只有那些具有坚忍不拔的毅力的人披荆斩棘，才登上了智慧的高峰。

　　当我们艳羡伟人们创下的功绩以及他们获得的巨大的人生财富时，我们千万别忘了仔细探寻他们身后执着奋斗的人生轨迹。

　　同样是画一条线，也许值一美元，也许却值一万美元，这确实是一个巨大的反差。今天我们执着追求，奋力拼搏，那么明天我们也可以像斯泰因梅茨一样一线值万元。如果今天我们游戏人生，不思进取，那么我们明天所画的人生之线就可能只值一美元，或许一文不值。

为自己点灯

　　世界最深处是一万多米深的马里亚纳海沟,这是一个与世隔绝的地方。就在这样一个地狱般的环境里,安康鱼常年生活在这里,并且生活得很好。安康鱼能够生存下来,是因为自身能散发出一些光芒,照亮这个终年黑暗而无声的世界。

　　读到安康鱼的故事,我想起了曾经看过的画面:溪流中,一只蚂蚁在拼命地挣扎,最后它在溪流的拐角处上了岸;岩石下,一棵小草探出了头,搬开石头,小草弯弯曲曲的身体竟是那样的顽强而绵长……

　　我不由得佩服安康鱼,它在黑暗无声的世界里,自己为自己点灯,给自己力量和慰藉,增强克服困难和生存下来的信念。自然界的许多生物顽强的生命意志令我由衷地感动。

　　人生也一样,难免遭遇坎坷,有时苦难和不幸就像无边的黑暗笼罩着你,那么这时,你就需要为自己点一盏灯,不是拿在手上,而是在心里。

　　有人帮助你是你的幸运,无人帮助你是公正的命运。许多时候,你并不是很幸运，你找不到可以帮助你的人，那么，请你为自己点灯。

为自己点灯。司马迁遭受宫刑，无人能够驱散他心头的浓黑的乌云，恢复他做人的尊严。他为自己点灯，他倾尽一生完成了皇皇巨著——《史记》，在后人的心上赫然矗立着一座史学的丰碑。

为自己点灯。患有严重的肌萎缩性脊髓侧索硬化症的霍金，长年坐在轮椅，甚至失去了说话的能力。无人能给他正常的肌体，现代医学也无法使他站立，哪怕是平庸的站立。但是他给自己点灯，他让心灵长出了翅膀，飞翔在深邃的宇宙探索真理，他把人生打造成一座令人仰望的科学高峰。

为自己点灯，邰丽华在无声的世界里展示着生命最华美的舞姿；为自己点灯，阳光少年黄舸在有限而残疾的岁月演绎着最动人的感恩故事……

海明威说：人生来不是被打败的，能够被打倒，绝不能被打败。是的，被打倒了不要紧，只要心不倒，下一次，就是胜利。

为自己点灯，你就能从困境走向平坦，从平坦走向山峰，从山峰走向辉煌。

请在失败的河边摘一个苹果

　　听过这么一个小故事：一天，老和尚嘱咐他的弟子每人去南山打一担柴回来。弟子们匆匆行至离山不远的河边，人人目瞪口呆。只见洪水从山上奔泻而下，无论如何也休想渡过河打柴了。无功而返，弟子们都有些垂头丧气。唯独一个小和尚与师傅坦然相对。师傅问其故，小和尚从怀中掏出一个苹果，递给师傅说，过不了河，打不了柴，见河边有棵苹果树，我就顺手把树上唯一的苹果摘来了。后来，这位小和尚成了师傅的衣钵传人。

　　是的，人生会遇到很多失败，正如许多条难以趟过的河。那么过不了河，失败了，我们是否就垂头丧气，掉头而回呢？不，我们应该像小和尚一样，还要在河边做一件事情：摘下一个思想的"苹果"。这个苹果其实就是我们对失败做的一次总结，这个苹果代表着这次失败的结束，下次成功的开始。

　　不想当将军的士兵不是好士兵，每一位学生都想在竞争中取得好成绩。但是，现实却往往事与愿违，也许我们努力了，付出了辛勤的汗水，却惨遭失败。于是有些同学产生了畏难倦怠情绪和消极心态，甚至连未来的斗志也丧失殆尽。这种心态是万万不该的，它会产生一个恶性循环，下次的成绩会比这次更糟糕。

  我读初中的时候，数学成绩比较差。一次数学考试我竟然没有及格，拿到试卷，我趴在桌子上伤心地哭了起来，连续几天我都萎靡不振，甚至还产生了辍学的念头。班主任找到我，问我说："考差了以后，你在干什么？"我说："我一直很伤心。"班主任说："听说你上课都哭了。"我说是。班主任说："你做错了。一个渴望成功的人，在失败之后，他们都会做一件事情，那就是进行总结，寻找自己错在哪里。而这个时间你花在了伤心与哭泣上，这堂课老师讲解试卷上的题目你根本就没有听，考试中做错的题目你现在还是不会做，下次考试你会怎样呢？"我顿时明白过来，我懂得了，成功的要素不仅仅是勤奋的汗水，还包括面对失败的心态。

  生命的过程是由无数的成功与失败的砖块铺就的漫长的道路，平坦的是成功，坑洼的是失败。踩着平坦的土地时别忘了前路还有坑洼，走在坑洼中要想想自己为什么会陷入坑洼之中，要想想如何才能再次踏上平坦的土地。

  垂头丧气哭泣流泪不是人生应有的态度。请在失败的河边摘一个"苹果"吧，只有这样，我们才能在人生的竞争中实现突围与成功。

筛子装满水

有个青年觉得自己很孤独，高兴时无人分享快乐，悲伤时无人可以倾诉苦楚。他求教于禅师。禅师不语，把他带到海边的岩石上，给了他一个筛子和一个杯子，说："请你把筛子装满水。"筛子怎么可能装满水呢？无论青年怎么用杯子把水舀进筛子，水立即就流走了。青年困惑。禅师呵呵一笑说："你站在自我的岩石，筛子自然装不满水。"青年问："那该怎么做呢？"禅师拿过筛子，远远地抛向大海，筛子立刻沉了下去。青年顿悟。

我非常佩服禅师的高超而形象的举例诠释。

筛子要装满水，就必须融进海洋，人要找到一种和谐的人际关系，也必须融进集体的海洋中。如果你封闭自我，站在自我的岩石思考他人的感受，那么就如筛子装水一场空，你就找不到真正的朋友，找不到生活的快乐。

纪伯伦说："所谓友谊，就是一颗心在两个身体里。"如果你封闭自我，不愿意与人交流沟通，如果你逢人戴个假面具，不说真心话，那么跟你做朋友的只有寂寞。打开心的大门，把自己的心融进他人的心，友谊的花朵就在两人的浇灌下灿烂盛开。

要懂得关心别人，在别人有困难的时候，主动伸出援助的手；要懂得倾听别人的苦恼，帮助别人解开心灵的疙瘩；要懂得赞美，在别人高兴时分享他的快乐。那么，孤独会远离你，友谊是一架天平，别人也会帮助、关心你，并分享你的快乐。白居易说："乐人之乐，人亦乐其乐；忧人之忧，人亦忧其忧。"

时常保持谦卑和乐观的心吧，你的朋友圈会像树的年轮一般增长，整个集体就是你欢乐的海洋。把集体当作家，集体就会给你家的温暖。

走下自我的岩石，把自己融入海洋，人生就是一场快乐的旅行！

只不过是从头再来

  高考落榜,该何去何从?人生道路的这道选择题,苦苦地困扰着那些涉世未深的孩子。

  他们面对的是成长历程中最惨重的挫败,愁云惨雾凝结着尚未强壮的心,他们是一群为理想摔伤翅膀的孩子。以前他们生活在家长老师的臂膀中,如今他们第一次独自去思量人生。

  抱怨、气馁、挫败、绝望等如一道粗粗的绳索,以一种前所未有的力量束缚着他们,令人窒息。有人表情黯淡写满伤痛与沧桑,有人陷于其中不能自拔精神失常,有人甚至丧失了生的勇气……

  孩子,我想对你说,无论在什么时候都不要放弃自己。生命是一块画板,要靠你自己着色,失败了,千万别把画板摔得粉碎,而要有重整旧山河的气度,拿起笔再来一次!要做一只美丽的蝴蝶,再来一次阳光下的灿烂飞翔!

  人生路漫漫,失败必不可少。世上没有哪个人的生活会一帆风顺,生活就像乘船,即使买到了船票,还要承受狂风大浪。失败不过是人生道路上的小插曲，它丰富了人生酸甜苦辣的滋味。关键的是在失败后千万别忘记了还要抬起头，往前看。前面有什么？有希望！

诗人说：希望是失败者再次勇攀高峰的勇气，是憔悴者远离伤感的翅膀，是自卑者获得尊严和信心的良药！

希腊神话中，潘多拉抑制不住好奇心打开一只神奇的盒子后，里面的罪恶、不幸、疾病等全部跑了出来，人间就有了各种灾难的折磨之苦。潘多拉赶紧关闭盒子，里面还有一件东西没有跑出来，那就是——希望！

海明威说过：人生来不是被打败的，你能打倒他，但不能打败他。当失败嘲笑你的艰辛，当厄运困住你前行的步履，你要勇敢地抬起头，看到路的前方，希望就像一颗巨大的蓝宝石在熠熠生光。风雨中这点痛算什么，失败了怕什么，希望在前方，大不了我们从头再来。

让我们来看看明朝末年的史学家谈迁的挫败吧，不，那简直就是厄运！

他经过二十多年呕心沥血的写作，终于完成明朝编年史——《国榷》。然而这时发生了一件意想不到的事情。一天夜里，小偷进了他家，见家徒四壁，无物可偷，就把他装了《国榷》的竹箱偷走了。从此，这些珍贵的稿子就下落不明。

二十多年的心血转眼间化为乌有，这样的事情对任何人来说，都是致命的打击。对年过六十、两鬓已开始花白的谈迁来说，更是一个无情的重创。可是谈迁很快从痛苦中崛起，下定决心再次从头撰写这部史书。

谈迁经过十年的奋斗后，又一部《国榷》诞生了。新写的《国榷》共一百零四卷，五百万字，内容比原先的那部更翔实精彩。谈迁也因此留名青史，永垂不朽。

我的心中时常为谈迁面对厄运能奋发图强、从头再来的意志和勇气而感动！在谈迁的面前，我们的痛苦似乎显得轻微许多。那么我们为什么不可以从头再来？

此时，我的耳畔响起了歌星刘欢的苍劲浑厚豪迈激越的声音：

> 昨天所有的荣誉已变成遥远的回忆，
> 辛辛苦苦已度过半生
> 今夜重又走进风雨，
> 我不能随波浮沉，
> 为了我挚爱的亲人
> 再苦再难也要坚强，
> 只为那些期待的眼神，
> 心若在梦就在，
> 天地之间还有真爱，
> 看成败人生豪迈，
> 只不过是从头再来，

看成败人生豪迈，只不过是从头再来！敢于从头再来，就没有过不去的火焰山！在我们身心疲倦的时候，让我们去山顶看看旭日东升时的壮丽，让我们去原野听听百鸟争鸣的绚烂！心若在梦就在，年轻就要笑对失败，成功只不过是从头再来！

在"高四"的教室里，我看见了一张张朝气蓬勃、充满豪情的笑脸！阳光照进教室，我仿佛看到，他们就像是一只只斑斓的蝴蝶，在灿烂地飞翔！

一切皆有可能

在2008年北京奥运会女子平衡木比赛中，有一个矮矮胖胖的美国女孩，她用一场身轻如燕的完美演出，征服了裁判和所有观众的心，摘取了这一项目的金牌。在本届奥运会上，这个美国女孩共获得一枚金牌和三枚银牌。她的名字叫肖恩·约翰逊。

肖恩是一名世界体操名将。2007年7月的泛美运动会，年仅十五岁的肖恩和队友在团体赛强势夺金，随后又分别包揽了个人全能、平衡木和高低杠三个单项的金牌以及自由操的银牌；2007斯图加特体操世锦赛上，第一次参加世锦赛的肖恩连夺团体、全能、自由操三枚金牌。

在人们的意识中，体操女运动员的身材应该是轻盈、柔韧、修长的，肖恩却长着胖乎乎的脸蛋、肥肥的小手、略显粗壮的小腿，被人戏称为"小土豆"，人们很难将她和灵巧的体操运动联系在一起。父母送她练习体操的最初目的，不过是为了消耗肖恩身上多余的脂肪。

是的，从肖恩的外表上看去，肖恩根本就不是练体操的材料，可是肖恩凭借努力，竟然成为了体操王国的霸主！

肖恩的成功故事告诉我们：人，只要朝着梦想去努力奔跑，一切皆有可能。

没有全力以赴，就千万不要轻易否定自己。生活中我们经常听到人们说，"哎呀，我不是这块材料！""我不行的！"许多人都有个通病，那就是喜欢自轻自贱，习惯性地怀疑自己。他们失败，不是败给了奋斗，而是败给了自己。阻碍成功的，不是客观的条件，而是他们心里的那把锁；限制前进的，不是面前的那座山，而是压在他们心头的山！

安东尼说：如果你相信会成功，信念就会鼓舞你达成。在追逐梦想的过程中，外部客观条件只是次要的，人的主观能动性才是最主要的。所以说，信念最重要！请拿出你的自信，大声地说一声"我能行"，然后义无反顾，然后奋力前行。你会发现荆棘匍匐在我们脚下，难关已被我们突破，我们的双脚踏上了成功的巅峰！

一切皆有可能，全力以赴我们心中的梦，相信你一定能行！

快乐随身携带

人这一生，总难免遭遇坎坷磨难，生活中确实也有很多事情让人高兴不起来。于是我们耳膜中优雅的音乐被长长的叹息声刺破，眼睛里微笑的花朵被忧郁的眉头紧锁。

这时候，我们很需要一首歌，叫作《快乐崇拜》；这时候，我们很需要一幅画，叫《快乐天使图》。快乐是一种感觉，我们都愿意跟着感觉走，我们似乎在寻找快乐的理由。

作家刘荒说过一句很洒脱的话："你下决心快乐，就能获得快乐。世界会为了你的快乐，准备雄辩的理由。"林肯有一句更潇洒的话："你想要多快乐，就可以多快乐。"在他们看来，快乐就像一样物品，藏在我们心灵的某个角落。我们不快乐，是因为我们没有把它拿出来。我们要快乐，只要拿出来就是，而且想要多少就有多少。

快乐是随身携带的！想想，还真是有道理。春天，花开了，阳光明媚，多好！邻居的小猫生了幼崽，真可爱！大街上车水马龙，井然有序，一路顺畅！学生们见了我都喊老师好，真好！领导说我的工作做得不错，高兴！妻子做了一桌丰盛的饭菜，非常可口！文章又见报了，稿费还不少，笑……这一天，值得高兴的事情很多，我一定笑了很多次，只可惜没有随身带一面镜子，看看自己笑得有多灿烂！

其实不用带镜子，周围的人比如家人、朋友、同事、邻居，他们就是镜子。我们高兴，他们一定会问："什么事情这么高兴啊？"如果你笑得夸张一点，他们一定会说："瞧你美的，捡到宝啦？"而且，他们的脸上也一定是微笑的，这微笑有预支的分享，有对你的祝福。你看，快乐在传递！就好比一块石子掉进了湖心，荡起圈圈涟漪。原来人生如花，快乐就像花粉，当你踏青归来，周围的人都能闻到花香。快乐像一面镜子，里外都是微笑的脸。

把你随身携带的快乐拿出来，传递快乐，快乐会加倍。罗曼·罗兰说："快乐是一颗歌唱的心的和声。"快乐如弹琴，周围有一片应和之声。

如果你有满腹的牢骚，最好还是不要肆意传播，因为将墨汁揩在别人身上，一定是先弄脏了自己的手。如果你有很多的高兴事，最好泡好一杯茶慢慢给大家道来，因为讲笑话的人，他的心一定先乐过一遍，再乐一遍，快乐加倍啊！

传递快乐其实还是一种责任。你给大家分享快乐，也许不会改变地球的转速，但是肯定可以改变大家的心境。听完你的笑话，大家带着微笑出门，还可以传染更多的人。

人们需要快乐，把你随身携带的快乐与人分享吧！古语有云：独乐乐，不如众乐乐。有了快乐之泉的浇灌，最卑微的泥土中也会开出最艳丽的花朵。

精彩地活下去

《中国达人秀》的赛场上，来了一位特殊的选手，他叫刘伟，很年轻的小伙子，但是他的两条手臂都没了。望着空洞洞的袖管，我真的难以想象他怎么能登上《中国达人秀》的舞台。但看完他的表演，评委和现场观众都惊呆了，电视机前的我和家人的心更是受到了巨大的震撼。

刘伟表演的节目是用脚弹钢琴，他很流畅地弹了一首曲子。练习弹钢琴要有细长灵巧的手指，还要有恒久的毅力。难以想象，几个短小的脚趾，竟然弹得成钢琴，而且弹得那么熟稔。在刘伟演奏的过程中，我看到评委伊能静和许多观众的眼睛中都噙着泪水。他空荡荡的袖管让人心酸，他练习钢琴的执着让人感动，他战胜痛苦追求梦想的精神让人震撼。

刘伟演奏完后，所有的评委和现场观众都站起身，掌声经久不息。评委周立波问刘伟怎么练成弹钢琴的，刘伟回答说："需要吃苦和毅力。我一定要精彩地活下去！"演艺场再次爆发雷鸣般的掌声。

精彩地活下去，对于顺境中的人们来说，可能只是一句真诚度不高的口号。但是，处于逆境中的人，说出这句话却需要很大的勇气，因为他们首先要战胜心里的困惑，战胜逆境的阴影，战胜怨天尤人、听天由命式的自暴自弃。

　　生命的话题本已很沉重，更别说争取精彩的人生。富士康的孩子们，因为生活的打击或工作的压力，竟然草率地抛弃了年轻的生命。活着真好，有人曾说：一个人连死都不怕，还怕活着吗？要活着，要好好地活着，要精彩地活下去。

　　人生不如意十之八九，我们要勇敢地迎接生活的摔打和考验。生命是一场盛宴，来之不易，要好好地把握。人生有多少痛苦，能敌得过双目失明、双耳失聪、双手全废、双腿被截甚或全身瘫痪给心里带来的煎熬？但是海伦·凯勒、贝多芬、史铁生、霍金等人，他们战胜了痛苦，精彩地活下去，成就了美丽人生。

　　听一听那位口不能言、手不能书、脚不能行、体不能动的痛苦的科学巨人霍金的话吧："我的手指还能活动，我的大脑还能思维；我有终生追求的理想，我有我爱的和爱我的亲人和朋友；对了，我还有一颗感恩的心……"怀着一颗感恩的心拥抱生活，生活一定会给你别样的精彩！生命是一场盛宴，我们就要以奢华的心去尽情享受！

　　精彩的活下去！

宽容是一道照亮灵魂的光芒

雨果在《巴黎圣母院》中写道：宽宏大量，是一道能够照亮伟大灵魂的光芒。

巴黎圣母院丑陋的敲钟人加西莫多，受副主教的指使，去劫持善良美丽的吉普赛姑娘爱斯美拉达。后来皇家卫队救下了姑娘，抓住了加西莫多。加西莫多被绑在绞刑台上受刑，他口渴难熬，没人给他水喝。爱斯美拉达却抛却前嫌，走上绞台，把水葫芦温柔地送到他干裂出血的嘴边。她的宽容，让加西莫多感动地流下了饱含人间温情的眼泪。所以在爱斯美拉达危难时，加西莫多舍身相救。

宽容是一种美德，宽容是一种理解，宽容是一种品格，宽容更是一种境界。

生活中人与人之间总难免发生摩擦，如果小肚鸡肠，睚眦必报，那么生活必将是阴云笼罩。因为怨恨就像是一只气球，越吹越大，以致无法控制；因为怨恨就像一盆火，烧伤了别人，也灼痛了自己；因为怨恨就像一块冰，冻住别人的心，也让自己浑身不胜寒。面对怨恨，能宽容时且宽容，得饶人处且饶人。

有容乃大，一颗心能装下别人的缺点，才能装下整个世界的风雨。宽容的人是善良的，快乐的，也是幸福的。宽容他人，也就赢得了尊重信任，也就赢得了人情和谐。佛说：前世的五百次回眸，换来今生的一次擦肩而过。茫茫人海，人有幸遇上了，这是一种缘分，是一种造化。我们要珍惜这难得的缘分。

因为宽容，海纳百川而成就其壮阔辽远；因为宽容，山集土砾而成就其高大巍峨；因为宽容，天孕风雨而成就其深邃宽广。

宽容可以化干戈为玉帛，宽容可以让坎坷变通途，宽容可以让荆棘开满鲜花，宽容可以让人释放嫌怨的重负，获得心灵的自由。学会宽容吧，宽容别人其实就是善待自己。

安德鲁·马修斯说：宽容就是一只脚踩扁了紫罗兰，它却把香味留在那脚跟上。

是的，宽容就是一道照亮灵魂的光芒，有了它的指引，人会走向崇高，走向伟大。

幸福是灵魂的香味

曾经读过一则寓言：

有一天，小狮子问它的妈妈："幸福在什么地方？"狮子妈妈说："幸福就在你的尾巴上。"于是，小狮子不停地追着自己的尾巴，他追了一整天也追不到。狮子妈妈笑着说："其实你不用刻意寻找幸福，只要你一直往前走，幸福，便会自然而然地跟着你。"

是啊，幸福很美妙，幸福随处可见，幸福也伸手可得，它就像尾巴一直跟随着你。

为什么总有人说自己不幸福？

这是因为，许多人的眼睛不是关注自己，而是观察着别人：别人那么有钱，别人那么有名，而我……于是整天闷闷不乐。这是因为，许多人的心被抱怨填满，被永不满足的欲望占领：我怀才不遇，我没有小车洋房……于是整天愤愤不平。

其实不是生活薄待了你，没有给你幸福，而是你对待生活的心理出现了问题，把幸福关在"门"外。生活就好比山谷，如果你一直哭泣，那么你听到的就只是哭泣的回音；生活就是一面镜子，如果你拥有一颗感恩乐观的心，那么再苦再难的日子也充满了幸福的阳光。

幸福不能用物质的多寡来衡量，也不能用地位的尊卑来标榜，因为幸福是属于灵魂的，是心灵对生活的超然体悟，正如罗曼·罗兰所说，幸福是一种灵魂的香味。天天抱怨，永不满足，在名利的追逐中疲惫不堪，难以体会幸福；从容淡定，珍惜现在的拥有，才能在平凡的生活中品尝幸福的滋味。

从出生的那一刻，幸福就降临了我们的身边，幸福就萦绕着我们的一生。幸福其实很简单，你不像明星般耀眼，却拥有一个健康的体魄；你没有巨大的财富，却拥有一个美满的家庭……幸福其实很简单，口渴难耐时，一捧甘甜的泉水；孤寂时，一封远方的素笺……这些都是幸福。无论在何时，无论在何地，请对自己说一声：我很幸福！就如毕淑敏所说：常常提醒自己注意幸福，就像在寒冷的日子里经常看看太阳，心就不知不觉暖洋洋亮光光。

痴心一片留诗梦

文友刘冰给自己取了个很有诗意的名字——刘诗梦,我就戏谑地称他为阿诗。

阿诗很喜欢写诗。高中时他就开始了写诗,三年下来,写了厚厚的两大本笔记本。

由于家境不好,阿诗高考落榜后没有补习,他去了南方打工。工作不好找,出身农村的他不嫌弃活儿,什么脏活累活都干。后来,他找到了一份看大门的活儿,工资只有六百元,单位负责安排食宿,他很满意。阿诗只求稳定,有一个宁静的写作环境。他坚持写诗,很痴迷,"在珠江的倒影里/我看不清自己的脸/携几卷稿纸/我想成为缪斯的一根琴弦"。

转眼五六年过去了,阿诗的生活仍然艰苦,偶尔会发表一些短小的诗作。

去年春节期间的一次文友聚会,我以"大哥"的身份劝阿诗暂时放下笔,跳跳槽,全力找一份薪水高的工作,毕竟到了该娶媳妇的年纪了。

阿诗摇头,说他的梦想就是写诗,工作只是维持生计而已。我无法劝服他。

不过，年后阿诗还真的换了一份工作，到了一家工厂打工。车间流水线上的工作是忙碌而紧张的，晚上还要加班，工资也比较高，有一千八百多元钱。劳累了一天的阿诗回到宿舍就蒙头大睡。

在工厂打工不到三个月，阿诗跳槽了。他给我来了一封信，他说流水线上的工作很累，还要加班，这他倒不怕，关键是劳累后的他脑海中一点写诗的灵感都没有了，几个月下来，他只写了四首诗。他现在找到一份新的工作，扫大街。他说，虽然年纪轻轻就去扫大街，很没有面子，而且工资也只有一千元左右，但是他觉得这份工作有助于他写诗。他的身上随时带着笔，在垃圾车上还挂了一个玻璃瓶。一有灵感，他就坐下来，拿出笔，找一片宽厚的落叶或者纸片，在上面写下来，然后把树叶纸片丢进玻璃瓶里。一天下来，他的玻璃瓶里有几十片树叶纸片。回到出租屋，他就整理诗句，有时一个晚上可以写三四首诗呢。

读着阿诗的信，我的心中有一种酸楚，也有一种快慰。同样是搞文学的人，在阿诗的面前我有些羞赧。

我想起了唐代的大诗人贾岛，阿诗的写诗方法与贾岛有几分相似。贾岛是苦吟诗人，行坐寝食，都不忘写诗。他骑着毛驴，一边看，一边想，苦吟诗句。

贾岛最初也是落魄文人，出家为僧。他写诗走火入魔，为了"推敲"诗句，冲撞了京兆尹韩愈，竟然撞出了一段好运气。后来在韩愈的劝说帮助下，贾岛还俗应举，中了进士。

我在心中暗暗地祝福阿诗，希望他也像贾岛一样，艰难中坚持写诗，能写出一段好运气，写出一个好未来。

今年八月，阿诗给我寄来了一本书，是他自己的诗集。阿诗在信中说，这一年来收获颇丰，他在全国各大报刊发表了一百多首诗歌，虽稿费不多，但内心很兴奋；他用积蓄自行印刷了一本诗集，虽不是正式出版，但是圆了梦；还有，他找了一位女朋友，女友也是高中毕业，在工厂打工，很支持阿诗写作。

阿诗还给我讲了他今后的一些打算，他准备买一些专业写作书籍来自学，而且争取能公开出版一本诗集。

我翻开着阿诗的诗集，内心很受感动，眼睛都有些模糊。诗集里沧桑的文字在我的眼前跳跃，我的脑海中浮现了阿诗深夜在出租屋里写诗的情景：

寂寞随须发疯长／写作缠住了劳累后的身躯／陪伴依稀的车声／陪伴都市角落苍白的光芒／我用心血催开几朵笔管小花／放进南方的心事里流淌

痴心一片留诗梦！祝福你，阿诗！祝你文学与爱情双丰收！

第二辑　深情如歌

人生若只如初见

纳兰性德的词总给人一种婉约清丽而又苍凉伤怀的感觉，比如《拟古决绝词柬友》，只一句"人生若只如初见"，就让人玩味感叹不已。

每个人的一生都有很多相遇相知的故事，与某件事物或者朋友或者情人。相遇本身是一种缘，一种大造化。佛说："前世的五百次回眸，才换来今生的一次擦肩而过。"张爱玲说："于千万人中遇见你所要遇见的，于千万年之间，时间的无涯的荒野里，没有早一步，也没有晚一步，刚巧赶上了。"

初见总伴随惊艳，倾情，往往有深入心窝的美感与震撼。初见，像春天初放之花，芬芳温馨，自然真纯。于是或相知或相守或回忆，于是美妙弥漫生命。

人生如初见，当时间静静流逝，当世事如轮碾压过我们的心房，我们还保持着初见时的激情与真诚，那是多么美好的一种境界。

然而，人生若只如初见，其中一个"若"字把境界全部打破。原来，一份恒久如新如初的感情只是一种假设，只是沧桑后的人心一个美好而又沉重的梦幻与希冀。世事如棋，人心易变。

　　初见，一件东西灿烂了我们的双眸，驿动了我们的心灵。我们产生了拥有它的冲动，我们甚至想"庄周梦蝶、蝶化庄周"式的物我一体。但是得到之后，这件东西却往往只是燃烧了我们一段短短的赏玩热情，温度便渐渐降低。于是慵懒，说一句"熟悉的东西少了韵致"；于是撇弃，让东西也抒发怀才不遇的感慨；甚至作价沽出，让心动的东西成为钞票的替换。这东西或许是工作，或许是一本书，或许是一片风景，或许是……人生若只如初见，该多好！

　　初见，高山流水遇知音。高山流水就像一朵盛开在历史书页的花，芬芳了两千多年。是的，真诚的友谊就应该像水，透明纯净，就像朋友曾经心无杂念的初见。初见，除了心有灵犀，一切皆不在意。但是我们在沧桑后发现，一份纯真的友谊何其难得！物质诱惑的时代，友谊在金钱、地位面前渐渐褪去光华，于是问候变成客套，关怀变成敷衍，真诚变成谎言，纯真的眼睛戴上了"有色眼镜"……人生若只如初见，该多好！

　　回不去了，我们已经回不去了，情人在十字路口幽怨地叹息。"曾经沧海难为水，除却巫山不是云"的美妙已经流进了沙化的土地，"执子之手，与子偕老"的誓言已经被抛进了故纸堆中。借口审美疲劳，很少眷顾家中的爱人；世俗熏染了爱，错把贪艳藏娇当作风光之本。初见的倾心随着时光流逝而风化，随岁月苍老而锈迹斑斑。纳兰于是悲吟："等闲变却故人心，却道故人心易变！"有些句子往往因为人心的缺失而显得分外动人。"茕茕白兔，东奔西顾，衣不如新，人不如故。"当口中轻轻吟哦这甜蜜生津的句子，人便立刻苍凉几许。

　　人生若只如初见，该多好！

我们老得太快，却聪明得太迟

岁月的洪流滚滚而前，蓦然间我们感觉自己已经老了。处在一个快节奏的时代，无论是怎样的人生，我们都忙碌在家庭与单位之间，忙碌在儿女、妻子、同事、领导之间，可是有一件最重要的事情，我们忽略了。

在给学生讲解《论语》时，有一句话深深触动我的心。子曰："父母之年，不可不知也，一则以喜，一则以惧。"这句话的意思是说，做子女的，要知道父母的年龄。天增岁月父母增寿，父母身体康健，我们很高兴；但父母年岁越高，距离人生的终点就越近，不由得让人心生忧虑。

在为儿女的学业忧虑、为自己的工作忧虑的时候，你有过孔子这样的忧虑吗？也许我们都需要反省，我们老得太快，却聪明得太迟。

时间如白驹过隙，其实老得更快的是父母。年少时不能完全理解父母的爱，等自己为人父母，理解了父母的苦心时，父母已经等了很久了。

我的住所虽然距离老家不是很远，却很少回家看望父母。想起前些年，我结婚买房子，父母拿出所有的积蓄来支持我；想起前些年，儿子还小的时候，我和妻子忙不过来，母亲放下手中的活儿，给我们带孩子。父母总是在忙完儿女的事情之后才想起自己，而我们总是在忙完自己的事情之后才想起父母，而且是在别人或书籍的提醒下，才想起父母。

有时我们也在心中对自己说，现在就去做，不要让父母等太久。可是一接到某个任务，或者碰到某个饭局，我们就把这事搁一边去了。等明天再回家吧！可是到了明天，又有新的工作在等着我们。我们总是很随意地打发着对父母的孝心。南怀瑾先生郑重地提醒我们说："像关心自己的孩子一样关心自己的父母，你便不会总为自己推迟行孝的举动而寻找借口。"

《韩诗外传》的一则小故事，更是击打着我内心最柔软的部分。"伯瑜有过，其母笞之，泣。母曰：'他日笞汝未尝泣，今泣，何也？'对曰：'他日得杖常痛，今母老矣，无力，不能痛，是以泣。'"伯瑜的孝心让我们惭愧不已，我们老得太快，却聪明得太迟。伯瑜的眼泪落在我们的灵魂深处，洗刷着我们愚钝的心。

古话说"树欲静而风不止，子欲养而亲不待"，孝敬父母要及早，若等到"亲不待"，就为时已晚，只能空留遗憾。比尔·盖茨说：在这个世界上，什么事情都可以等待，只有孝顺是不能等待的。

现在就去做！也许还不算太迟！趁父母还健在的时候，常回家看看父母，多陪父母说说话，多为父母做点事，用行动表达我们对父母的爱和感激吧！

博客，有一种留言叫友谊

　　时间如白驹过隙，弹指一挥间，大学毕业已经十年了。
　　和许多"愣头青"的成长一样，我的心灵也是在社会的碰撞冶炼中走向成熟。十年间我走马观花般地穿过许多城市，广州、厦门、东莞、上饶等城市都曾经留下过我并不深的足迹，但是最后我还是回到了家乡；我也曾接过社会抛给我的可能改变我人生道路的"绣球"，推销、餐饮、文书等我都做过，还曾经在政府机关工作了一年半的时间，但是最后我还是回到了学校教书。
　　十年间，我的脚步有点漂浮，许多大学同学都与我失去了联系。后来有同学跟我说，他们都无法找到我的确切联系地址。最近两年我算是安定了下来，结了婚，买了房子，有了儿子，我的心也已经在家乡的小城生了根。
　　今年，爱好写作的我也迷上了博客，赶潮流般地加入了草根博客一族。但是我并不疯狂，只是隔三岔五地把以往写的一些小文章贴上去，算是留了个脚印在网络。一天，我进入博客，忽然在留言条中我惊喜地发现了一个熟稔的名字——高冰峰。这可是我阔别十年的大学好友，毕业后一直没有过什么联系。他还在留言条里写了首诗："云淡风轻近午天，乡心已淡许多年。百度一搜小王子，原来陶令正耕田！"

高冰峰的老家在邻县，也算是半个老乡了。毕业后他到苏州的一所高级中学任教。看着电脑上的字眼，十多年前的大学生活历历在目。高冰峰在大学时就以博览群书而闻名，那时住在我隔壁寝室，我喜欢听他高谈阔论。我俩都是大学生烟民，经常在一起吞云吐雾，天南海北地神聊。

我的经历他曾经听同学谈过一些，只是我俩没有联系过。是习惯了在外的生活？是乡心已淡？我知道这些都不是，因为我知道人在他乡的寂寞，寂寞中有一种情结叫做思念。今天算是十年后我们"第一次亲密接触"吧。他在留言中留下了他的博客地址。他应该说是写博客比较早的了，博客中的内容很丰富。我一口气拜读了他的许多文章，他笔锋甚健，文章恣肆潇洒，令人叹服。

我也在他的博客上留了几句话，顺便胡诌了一首藏头诗："高士来博漾春风，冰心似海情意重。峰回十载共一梦，人生何处不相逢。"

后来我俩经常串门，博客因此成了我们各自的家。没事我们就看看各自的文章，有事就简短地留几句话。

曾经有位网友说，现在是博客信息时代，中国的博客数量已经突破千万，大多为草根一族。他还说，草根博客的写作是一种自恋行为，给人的感觉比较孤独。但是我觉得，在这个快节奏的社会中，草根博客其实并不孤独，因为它为友情找到了一扇网路家门，即使天各一方，也如在眼前。也许现实生活中我们无法拉近空间上的距离，但是我们可以拉近彼此心灵的距离。

博客，有一种留言叫友情，友谊之树在心灵开花，我想，它将芬芳一生。

矮小的母亲矮小的我

每当想起母亲,我就会想起一句话:矮小的人有大将来。这是矮小的母亲帮我算命时,从算命先生那里求得的一句话。

我天生矮小,有点恨母亲

我天生个子矮小,在读书期间,我一直都坚守第一排,从未坐过第二排。

在我们四兄妹中,除了我弟弟个子高,其他人都矮小。

对于个子矮小的问题,在读小学的阶段,我几乎不把这个当作一个问题。有时村里人也跟我开玩笑说:"你完蛋了,长不高了,像你妈妈一样咯。"回家后我跟妈妈说,妈妈笑着对我说:"他们都没有文化哩。妈妈长得矮,是因为小时家里穷,缺少营养。你就不一样啦,现在你正在吃'鸡胚宝宝素',以后会长得又高大又强壮的。"当时在农村,"鸡胚宝宝素"是一种比较贵的营养品,虽然家里经济条件不好,但母亲省吃俭用为我买"鸡胚宝宝素",就是希望我长高点。弟弟妹妹没有这么好的待遇,妈妈只给他们每人每天吃一个鸡蛋。

爸爸长期在外乡打爆米花,是全家主要的经济来源。妈妈一人操持家里的农活和我们四个孩子的生活。

家里住房很小,只有一个大卧室,里面放了米囤,堆了杂物,摆了两张床。我和弟弟睡一张床,妈妈和两个妹妹睡一张床。每天睡觉前,母亲都要交代一句:"睡觉要把脚伸直来。"冬天,我们睡觉总喜欢在被子里弯起脚,蜷成一团。半夜,母亲总是会帮我们一个个把脚拉直来,其实她是怕那样的睡姿影响我们长高呢。

初中了,我寄宿在学校。每次去学校,母亲总要我的书包里放上一包鸡胚宝宝素,还总不忘要交代一句:"晚上睡觉记得把脚伸直来。"这已经成了母亲的一种习惯,一种表达关爱的方式。

可是,随着年岁的增长,我并没有像母亲说得那样长得高大结实,反倒是又矮又胖。

有一次,一位老师开玩笑地问我说:"你爸爸妈妈肯定也矮吧?"我说:"我爸爸不矮,我妈妈矮。"老师说:"那你就遗传到了你妈妈的缺点。"如果是以前人家这样说,我不一定信,现在我信了。我的矮,是遗传,遗传了母亲的。我有点恨母亲了,都怪她,生得我这么矮小。

读初二了,周末放假回家,我气呼呼地从书包里拿出一包鸡胚宝宝素,狠命摔在地上,说:"妈妈,人家都说这东西有激素哩,不能吃的呢。我个子矮小都怪你,是你遗传给我的。"母亲被我这突然的举动吓了一跳。她没有说话,只是默默地把那包鸡胚宝宝素捡起来。我看见,她流泪了,母亲哭了。

后来听说,母亲在卖鸡胚宝宝素的商店里,和营业员大吵了一架。

时间可以冲去一切裂痕,特别是母子间的。

过了许多天,我向母亲道歉,母亲笑了。我问母亲:"当时你为什么不骂我？"母亲说："傻孩子，当妈的怎么会跟儿子计较呢？那不成了小孩子吗？"

孩子，不要怕，妈妈会保护你的

我的成绩一直名列前茅，小学时我担任了班长。可是我矮小的个子，与我的热情、嗓门，更与班长这个职务成反比。在同学眼中班长几乎是"打小报告"的代名词，所以我经常受同学"报复式"的欺侮。

同学经常威胁我，说我再向老师打小报告，他们就要打我。我回到家告诉母亲，母亲说："孩子，不要怕，要勇敢点。你做了班长，就要做好自己的事情。妈妈会保护你的。"从此，我就有了信心。父亲长期在外，母亲就是我的保护伞。

那天，放学回家的路上，两名高个子同学拦住了我。他们质问我为什么向老师打小报告，我义正词严地回答了他们。他们一脸坏笑地对我说："你让我们受了老师的惩罚，你也要受到我们的惩罚，给我们跪下。"也许是要维护班长的威信，也许有一种与生俱来的东西在激荡着我幼小的心灵，我懂得，给人下跪是一种奇耻大辱。我的耳旁回荡着母亲的鼓励的话，我抬起头，倔强而又响亮地对他们说："我不跪，打死我也不跪。"他们似乎被我的大嗓门给唬住了，最后每人给了我一巴掌，走了。

回到家，我把这件事告诉母亲，母亲说："明天我到学校去找那两个同学，警告他们。"我说："妈妈，不要了，我直接去跟老师说，老师会教训他们的。"母亲说："那就依你吧。"第二天班主任把那两个高个子同学叫到了办公室，好好地训了他们一顿。上课的时候，我看见母亲矮小的身影从教室门口一闪而过，她是去找班主任了。是的，我受了欺侮，母亲就是我的保护伞。

下课后，我偷偷来到班主任办公室门口，从门缝里我看见，母亲正拿出两把糖果，分给打我的两个同学吃，嘴里还说："你们都是好孩子，要听话，以后不要再欺负我家金金了。"天啊，母亲竟然是这样保护我的！

我心里很气愤，回家后我质问母亲道："妈妈，你为什么还要拿糖给打我的人吃？"母亲笑呵呵地对我说："金金，你们班主任已经狠狠地批评了那两个同学了，难道还要我去打他们吗？他们毕竟是孩子啊，总不能大人打小孩啊？做人要宽容一点。"我不懂得什么是宽容，母亲高大的形象在我心目中一落千丈……

但是，那两个高个子同学以后再也没有和我作对了，还和我成了好朋友，他们很喜欢到我家里玩。他们对我说："你妈妈真好！"

矮小的人有大将来

来到重点高中，我才知道人外有人，天外有天。那时奉新一中每个年级只有六个班，全县各个乡镇的优秀生全部集中于此，高手如云，我感到了巨大的压力。

从尖子生一下子蜕变为低等生，心里还真适应不过来。那时，考大学是我们农村孩子改变人生的出路，大家都卯足劲读书，为的是"跳出农门"。我感觉到了前途的渺茫，按照我那样的成绩一定考不起大学。母亲宽慰我说："只要用心读了就行。"

其实母亲心里很紧张，她帮我去算命。算命先生说我是块读书的料，虽然矮小却有大未来，一定可以考上大学。母亲很高兴，还多给了算命先生五块钱。

算命先生另外给了母亲一副对联：一等人忠臣孝子，两件事读书耕田。他叫母亲一年四季都要贴在门口，母亲照做了。每当对联破旧了，母亲就请村里的人写过一副新的。这副对联在我家门口一直贴了三年。

看着一直"疲软"的学习成绩，我的内心还是很烦躁。暑假补课的时候我有了辍学的想法。母亲说:"你看到这副对联了吗?两件事读书耕田,你不读书也行,你现在就跟我下田。"我倔强地说:"去就去。"

　　长这么大,我还从未下过田呢。小学初中,我的成绩一直独立鳌头,村里人都说我是个"文曲星",母亲就从不让我下田,反而让两个妹妹帮衬做农活。

　　我跟着母亲来到地头,太阳炙热地晒着,久了我感觉皮肤都晒得"吱吱"地响。我弯下腰收割稻子,弯久了,腰很难受。中午回家的时候,母亲叫我挑谷子,天啊,那担子可真沉啊!我咬牙挑着担,我的脚步左右摇晃。看着矮小的母亲挑着沉重的谷子走在我前面,我有了一种凄酸的感觉。

　　回到家,我的肩头已经破了皮,浑身酸痛。母亲问我:"今天下午还下田吗?"我说:"我去上课。"母亲笑了,对我说:"金金,只要你认真读,就一定可以读好的。"我说:"可是如果我考不上大学怎么办?"母亲说:"妈妈小时候家穷,没有进过学堂的门,就只能干农活了。以前妈妈也不会干农活,但是我的目标就是干农活,你看,现在不就会干了吗?还挑得起担子。你的目标就是读书,没有考上就补习,还有考不上的?金金,要对自己有信心。"母亲言语很朴素,也不会说什么大道理,但是话语很实在。母亲接着开玩笑地对我说:"算命先生说,矮小的人有大将来。我把你个子生得这么矮小,就是为了让你读书的,让你以后不要跟妈妈一样。"我也笑了。

　　母亲那天很高兴,下午没有去干活,而是陪我上街,买了一双新球鞋给我。

　　高二读文科班,我开始发奋,成绩也渐渐好了起来。每次我要懈怠时,我的脑海中就会浮现矮小的母亲挑着沉重担子的背影,我会就沉静下来。我在蚊帐中贴了一张纸条来警醒自己:矮小的人有大将来,考上大学回报母亲。高考结束,我以优异的成绩考取了江西师范大学。

如今，站在岁月的门口回望，我非常感谢我的母亲！母亲没有文化，很少言语，也没有什么重大的举动。矮小的母亲不是大江大河，只是弯弯曲曲的小溪，用爱滋润和萦绕着儿女的一生；矮小的母亲不是高山峻峰，只是脚下淳朴厚实的土地，儿女们正是踏着母爱的土地才走向了光辉的未来。大音希声，大爱无形。

半夜吃西瓜

小时候,家里很穷。奶奶很早就去世了,在我三岁那年,多病的爷爷也去世了。抚养四个孩子,忙里忙外,确实是爸爸妈妈肩头沉重的负担,我很少看到他们有清闲的时候。

双抢是农村最繁忙的时候。家乡的孩子到了七八岁就要下田干活,割稻子,拾稻穗。可是,童年的我却一直没有下过田。我是家里的老大,学习成绩很好,村里人都说我是"文星"。爸妈每当听到这样的话语,脸上总是露出自豪的神情。双抢季节,爸爸妈妈只是让我在家里读书写字,照看弟弟妹妹,晒晒谷子。

那时我家种了十几亩稻子,双抢要进行一个多月的时间。白天妈妈一个人在田里劳作,爸爸早上要到十里地外的县城做散工挣钱,晚上七点多才回来。爸爸放工回来后,先把晒好的谷子挑进屋,然后交代我几句,就挑着箩筐去了田里,夜色不明朗时,他还会带上手电筒。

伴随着夜间田野隐约传来的打谷机的声音,我们早早就在竹榻上睡了。爸爸妈妈要趁着晚凉多干些地里活,很晚才回家。

回到家后,妈妈开始做晚饭,爸爸把我们摇醒。醒后,年幼的弟弟总是哭。四周已经是很安静了，邻居们都睡了，爸爸妈妈才从田里回来。爸爸端了几块切好的西瓜放到我们手上。这时我看看钟，已经是晚上十二点多了。爸爸给我们吃西瓜是为了让我们赶走瞌睡，因为等下还要吃晚饭。

爸爸去了拴牛喂猪，我们几个拿着西瓜，跑到厨房围着灶台看妈妈做饭。妹妹拿西瓜给妈妈吃，妈妈总是说："宝宝乖，妈妈忙，等下吃。"

吃完晚饭，弟弟妹妹又各自吃一块西瓜再去睡，这时往往就凌晨一点多了。爸爸妈妈却还在收拾着家里的物品，我也帮着做一点。

一切收拾停当了，爸爸妈妈才拿起西瓜来吃。我喜欢看爸爸妈妈吃西瓜的样子，他们吃西瓜很快，往往是三口两口就把一块西瓜吃完了，然后躺下，一会儿就睡着了。好几次，我对爸爸妈妈说："让我去割稻子吧。"爸爸说："金金，你还小，好好读书就是了，田里活我们干得来的。"妈妈说："金金，你生来是块读书的料，读书人是不下田的，快去睡觉吧。"我知道，爸妈的心里关注的是儿女们能够成长成材，他们的眼里最忽视的人，就是他们自己。

年少的我没办法忤逆爸妈的意志，但是我深深懂得了生活的艰辛和爸妈的爱。我没有辜负爸妈的期望，成了村里的第一个大学生。我的三个弟弟妹妹现在也都在各自的岗位上勤奋踏实地工作着。

爸妈年纪大了，却还是一直忙着。每当回乡下老家看望爸妈，我们总是劝他们少干点。经常会回忆起童年时半夜吃西瓜的情景，这时四个儿女的眼睛总是湿湿的。

父母很朴实很平凡，他们说不出什么意义深远的育儿理论，也没有什么惊人动地的爱子事迹。但是每当回头想想我们成长的路途，却看见到处是父爱母爱的花朵，散发着醉人的芬芳。

怀着一颗感恩的心看看父母，你会被生活中一些微小的细节深深地感动着，以至潸然泪下。比如，半夜吃西瓜。

父亲的爆米花

　　父亲是个农民，家里的几亩薄田赚不了几个钱，为了维持生计，他干起了爆米花这个行当。大部分时间父亲都是外出爆米花，这一爆就是二十多年。父亲爆的米花很好吃，在一些山区乡镇很出名，他只要外出就不愁生意，农忙时间他在家栽种收割，其他时间只是每月回来一趟，小住两三天就走。

　　记忆中，都是母亲送我上学报名的，父亲基本上没到过我读书的学校。

　　那年我刚到县城读高中，父亲可能担心我在县城的学习生活，一次从山乡爆米花回来，他去了趟我的学校。

　　那时高中的班级并不多，我们高一年级只有六个班。父亲不知道我在哪一班，他就一个一个地问了过来，找到了我。我从教室出来，只见父亲胡子邋遢，上衣扣子也没有扣上，衣服上有许多破洞，裤子上捆着一根麻绳，脚上一双拖鞋。当时走廊上有很多同学都在打量着父亲，还有几个县城的女同学在偷偷地笑着。我觉得很没有面子，见父亲的兴奋劲也一扫而光,脸上没有什么表情,父亲问什么我就答什么。父亲意识到了什么,他赶紧把上衣的扣子扣上了。上课铃声响了,我接过父亲递过来的一小包东西就匆匆回到了教室。

课后我打开那个小包,里面是钱,一毛两毛五毛的纸币,一分两分五分的硬币,足足有十多块钱,够我半个月的伙食费。我的眼睛湿了,我想起了父亲怎样忍受炎热的炙烤,怎样摇动着爆米机,怎样一点一点地挣下这些钱,挣下我们一家的生活。

周末,回到家,母亲生气地问我:"你爸爸特意去学校看你,你见了面也不叫声'爸爸'?啊——?"母亲"啊——"得很重,我知道当时父亲的心一定很痛。看见我流泪了,母亲轻笑着说:"你爸爸也真是的,去学校前也不先去理个发,换身衣裳。"

父亲没有再去过我读书的学校,但是以后每次爆米花回来,他都会先到街上理好发再回家。

时间一晃就是七八年,我大学毕业后分配到家乡的一所职业高中任教,那所中学落在较偏远的一个小镇上。父亲的年纪也大了,在我参加工作后他就再没有外出爆米花了,他把那套爆米花的工具修整好,放在家里留作纪念。

记得那是我参加工作的第四个年头,父亲去了学校看我,并且在我那儿小住了几天。

一天放学后,我和父亲在校园里散步。有几个学生看见了我父亲,赶紧跑过来说:"王师傅,你还认得我们吗?"父亲大叫着说:"啊?是你们啊,怎么会不认得呢?你叫小猫,你叫小三子,你叫……"父亲还真像老师点名一样,一个一个地叫过来。这些学生都来自父亲经常去爆米花的那些山区乡镇。小三子说:"王老师,你爸爸爆的米花很好吃,我们都好久没有吃过了。"小猫说:"是啊,我们以前经常吃你爸爸爆的米花呢。"学生越来越多,都跟父亲很熟络。

小猫说:"王师傅,你再帮我们爆一次米花吧?"父亲的手下意识地转了几下,看了看我。我赶紧说:"爸爸,你下次就把爆米机带到学校来吧,帮他们爆一次米花。"父亲听后很高兴地说:"好,我明天就回家,把机器带来。"

第二天下午,父亲就把爆米机带来了。学生们在附近的村子里买了米和柴,让父亲爆米花,我的许多同事还有附近的村民也都来让父亲爆米花。

爆米花的香味在空气中弥漫,我看见父亲坐在炉火前,一脸的微笑与幸福。

孩子,把脚伸直来

母亲个子比较矮小,小时候我也长得矮矮胖胖的,母亲心里很急。

印象最深的就是每次我睡觉前,母亲帮我铺好了被子,我在被子里摆好了睡姿以后,母亲都要交代一句:"孩子,把脚伸直来。"开始我不太懂母亲说这句话是什么意思,后来才知道母亲这样做的原因。原来她认为孩子睡觉时只有把脚伸直了才会长得高大。母亲是始终坚持她的"真理"的,睡觉前总要说上这么一句,从未间断过,一直到我小学毕业。

小时候家里穷,小学毕业前我和爸爸、妈妈、弟弟就挤在一张床上睡。晚上我睡觉不很安分,总喜欢在被子里弯起脚,蜷成一团。这时,母亲很敏感,她就会起身把我的脚拉直来。

初中了,我寄宿在学校。每次去学校,母亲总不忘要交代一句:"晚上睡觉记得把脚伸直来。"我知道这已经成了母亲的一种习惯,一种表达关爱的方式。

母亲说男孩子矮了,长大后很难娶媳妇的。我呵呵地笑着说,还早呢！母亲的做法并没有产生她预期的效果，成年后我的身高就定位在一米六，妹妹也比较矮。母亲总认为我和妹妹长的矮由于她的遗传，母亲的内心一直有一种深深的内疚。

参加工作后，我娶了老婆，我的老婆并不矮。我对母亲说，你看个子矮小也没有什么可怕的吧！母亲听后微微一笑，不说话。

我的儿子出世后，我们工作忙，儿子小哲断奶后一直由母亲带着，我们每周回乡下老家一趟。晚上，母亲唱着眠歌，拍着小哲，哄他睡觉。小哲并不老实，腿在被子里乱动，还呵呵笑着。母亲于是拍拍小哲的腿说："宝宝，听话，把脚伸直来。"听着熟稔的话语，望着母亲已染霜雪的白发，我泪眼阑珊。

母亲就像是一条弯弯曲曲的溪水，用爱滋润和萦绕着儿女的一生，还有儿女的儿女，儿女的一切，哪怕自己从此慢慢干涸。

儿子接回城里来以后，不知道从哪天起，妻子哄小哲睡觉时，也会像我的母亲一样说上一句：宝宝，把脚伸直来。我知道，因为她们都是母亲。

母爱是佛

妻子生了个大胖小子！出院以后，妻子到我乡下老家坐月子。在路上，我内心不无担忧。人们常说婆媳之间最难相处，妻子又是个辣椒性子，心急嘴爆，头一次与母亲相处这么长时间，会不会发生什么矛盾。我反复叮嘱妻子说："我母亲这人就是啰嗦了点，慢慢习惯就好了，你的性子可要改改。"妻子反嗔道："要改的是你那副臭脾气。"

从到家的那一天起，母亲就不厌其烦地向妻子唠叨如何坐月子，如何喂养小宝宝，有些话都重复了七八遍，连我都能背出来了。我真怕妻子不耐烦。可妻子却换了一个人似的，每次都听得那么认真，像个小学生。母亲围着媳妇孙子忙得团团转，又是洗尿片，又是做好吃的，逢人脸上一个笑，我还真没见母亲这么高兴过。妻子看着不过意，总想找些事情来做，但每次都被母亲制止了。在母亲的精心照料下，妻子的脸色红润了，身体也白胖了，奶水足得宝宝都吃不完呢！

一次，妻子要擦澡，从厨房里拎了一桶热水到房间去。母亲看见后，赶忙跑过来说："阿弥陀佛，动不得，动不得，生了孩子后，全身骨头都松散了，做了重活，以后筋骨要痛的哩！我来吧！"说完，母亲夺过了妻子手中的水桶。妻子跟在母亲后愧疚地说："妈，真是累着你了！"母亲微笑地说："傻媳妇，说哪的话啊！"我在房中听到后不觉窃笑，这一桶水才多重，弄得婆媳俩一个紧张一个愧疚的，但看得出来，两个人心里都非常幸福。

真没想到，她们婆媳俩会相处得如此亲密融洽，我一时真看不出这其中的奥秘，看来我当初的担心纯属多余。

婆媳之间相安无事，可是，我和母亲之间却发生了一场不愉快。

那天吃中饭时，父亲忽然提起村里的二顺两年前借了一千块钱，现在还没还来。二顺和我是老庚（同年同月出生），在家务农。二顺妈是个苦命人，生下二顺，坐完月子后不久就出车祸死了。那时母亲奶水有盈，所以就把二顺抱来吃了两个多月的奶水，后来母亲的奶水不够两个婴儿吃了，二顺便断了奶。母亲经常说二顺是个苦命的孩子，早早没了娘，三个多月就断奶，语气甚是哀婉。母亲一直把二顺当干儿子对待，小时逢过年时还给他压岁钱，长大了还时不时给他帮衬帮衬农活。也许是因为二顺与我争吃了母亲奶水的缘故，我对他一直没什么好感。我说："怎么不叫他还呢？"父亲说："他家生活比较困难。"我说："可我们家也不富裕啊！下次见着他了，我叫他还。"母亲连忙插话说："千万别，干儿子前年娶了媳妇，去年又盖了房子，贷款都没还完呢。"我听母亲干儿子长，干儿子短地叫，心里就憋气，恨恨地说："妈，你把他当干儿子看，人家未必心里有你，我问你，他给你送过年节了吗？"母亲生气地说："干儿子家里紧张嘛！再说，难道事事都要图个回报的吗？"我还想说什么，但妻子在一旁直扯我的衣角，这才止住没说。中饭大家吃得都不是滋味。

过了两天，母亲忽然怒气冲冲地对我说："阿金，你叫干儿子还钱啦？"我还从未见母亲发如此大的火，有些愤懑地说："妈，你干吗生这么大的气？我是叫了，欠债还钱，天经地义嘛！"母亲带着伤心的口吻说："我们家现在不缺钱花，干儿子却欠了一屁股债，每天早起晚睡，忙完农活，又到工地上工，一年到头难得歇息，人都累瘦了！"说着说着，眼泪簌簌地流了下来。我说："妈，你不至于这样吧！为了一个不相干的人，又是生气又是流泪。"母亲说："什么不相干，他是我的干儿子，你，你，你的心怎么这么窄呢？"听了母亲的话，我动怒了，说："好，好，是我不对，我心地窄，我走，你就跟你的干儿子过吧！"说完，我一赌气，就骑上摩托车回到了在县城的家。

我的手机响了好多次，一看是老家的号码，知道一定是母亲打来的，就挂了。一个人倒在床上狠狠地睡觉，睡醒过来就看书。看完书又睡，当然头脑中还在不停想着还钱这件事，却怎么也想不明白。

第二天，我在杂志上看到了一篇文章，对我的触动非常大。文章说，有个人背上行囊，要去千里外投拜菩萨。路上遇到一位禅师，禅师对他说："与其拜菩萨，不如拜佛。"那人问："佛在哪里？"禅师告诉他说："当你回到家，看到有个人披着毯子，反穿着鞋来迎接你，那就是佛。"那人返回家，已是夜深人静。母亲听到儿子的呼喊，立刻兴奋地跑来开门，匆忙中母亲没来得及穿衣服，只披了条毯子，鞋也穿错了。见到冲出来的母亲，儿子顿时大彻大悟。

看完文章，我的头脑中立刻闪现出"母爱是佛"四个字，顿时有种豁然开朗的感觉。女人产下了孩子，母性的心里就充满了佛性，如春风，明丽舒朗，和煦温厚。这佛性，是一种舐犊的慈爱，是一种对亲人的关爱，是一种"幼吾幼以及人之幼"的情怀。她把佛的光辉洒向儿女，也洒向身边的每一个人。

我花了一上午的时间，帮母亲精心挑选了一件丝绸汗衫。回到老家，母亲跑出来，用微笑迎接了我，好像我们之间根本没发生什么。

儿子在摇篮里甜甜地睡着了。妻子怀里却还抱着一个婴儿，正喂奶。见我一脸诧异，妻子摆摆手，示意我不要大声说话，怕影响婴儿吃奶。母亲小声地对我说："邻村刘贵媳妇患了流感，怕传染给孩子，就抱了孩子到媳妇这里寻几天奶水吃，媳妇还收了这孩子做干儿子哩！"

母亲的搪瓷缸

母亲年纪大了。母亲用的茶缸也旧了。

那是一只白色的搪瓷缸，还是1986年我读小学二年级获得的奖品。如今一晃二十多年过去了，茶缸上的搪瓷也脱落了许多块，上面红漆写的"奖"字也模糊了，母亲却仍然天天在用它。

我劝母亲说："妈，换个茶缸吧，这个太旧了。"母亲说："旧点怕什么，还能用呢，这可是你第一次得的奖品啊！"说话时母亲的眼里充满了自豪。

母亲不舍得扔掉这只茶缸，是因为这是儿子的奖品。我从读初中起开始住校，就可以说是开始生活在外了，然后是高中，大学，以及参加工作，在母亲身边生活的日子不是很多。母亲摩挲着茶缸，就想起了儿子，她的心中在祝愿：儿子能得奖的，儿子是很棒的。岁月流逝，茶缸愈旧，母亲却一直珍惜。母亲啊！我知道，那是您对儿子越来越浓的爱。

我说："妈，这茶缸看起来太显得寒碜了。"母亲嗔怪道："傻孩子，怎么会呢？以前生活不好，我用它装白开水喝，现在生活好了，我用它泡奶粉、蜂蜜来喝，怎么能说寒碜呢？"母亲的朴实的话语深深地震撼了我的心。

生活中，我们太注重形式了，以至于疏忽了很多本质的内容。我们追求漂亮的服饰和舒适的环境，却忘记了加强自我的内在修养；我们以为孝顺只是给父母捎去贵重的礼品，却忘记了常回家陪陪父母才是孝顺的真谛；身为教师的我一味地注重孩子的学习成绩，却忘记了帮助孩子解答成长路上的心里迷惘与困惑。我们以为有了很多金钱才幸福，却忘记了沐浴在爱的阳光中才是幸福的本质，大爱无声，无形……

懂得了母亲的搪瓷缸，懂得了母亲，就懂得了更好地去生活。

人生最后一句话

曾经读到过一个非常感人的故事：在"9·11"事件中，一位商业巨富被困于被恐怖分子劫持的飞机撞击的世贸中心大厦中。富翁意识到自己的生命已经受到威胁，料定自己很快就要死了，他拨通了最后一个电话。电话接通后，富翁只来得及说了一句话，随即就在灾难中丧生了。他的最后一个电话打给了他的母亲，他说的人生最后一句话是"妈妈，我爱你"。

在生命最后的时刻，人所想到的一定是他认为最重要的东西，而在这位富翁眼中，最重要的并不是财富、遗产之类的东西，而是对母亲的感恩。因为他知道，他的生命来源于母亲，他受的教育、他今天取得的成就，都源于父母无微不至的关爱与支持。面对死亡，其他的都是身外之物，只有内心的感恩之情才是最美的真实。

父母不但赐予了我们生命，还精心呵护着我们成长，给我们温暖，给我们关爱，甚至，关爱我们胜过了爱他们自己，我们应该很好地感念父母的恩情。

然而现实生活中，有许多孩子只顾自己吃好的，穿名牌，从不考虑父母爱的艰辛，认为"这是父母应该做的"，从不对父母表示感激；有许多年轻人乐当"啃老族"，不想参加工作，只想生活在父母的庇护下，挥霍父母辛苦赚来的金钱；还有的人"娶了老婆忘了爷娘"，他们不赡养父母，更有甚者把父母赶出家门，让风烛残年的老人以捡垃圾维持生计。

羊羔有跪乳之心，乌鸦有反哺之情，人怎么能丧失了感恩之心？古人云："滴水之恩，当涌泉相报。"更何况父母之恩比山高，比海深，人怎么能丧失了感恩之心？一个忘恩负义的人必将为他人所唾弃，希腊谚语云：忘恩的人落在困难之中，是不能得救的。

感恩是一种美德，是闪现在人身上的一种人性光辉。只有心存感恩，我们才会体会到人生的美好，才会活得丰盈充实。感恩是人类最美丽的语言，是人类最真诚的情感。

拥有感恩，就如在心田种满鲜花，感恩之花开满心房，你将芬芳一生。

难忘腐乳炒竹笋

小时候，家里很穷。抚养四个孩子，确实是父母肩头沉重的负担。那时候，别说吃肉了，就是菜里面多放点油都不舍得。我们当时不懂事，口很娇，总是围着母亲嚷着要吃这吃那的。

父亲农闲时要到十里地外的县城做散工，晚上才回来。回来后他经常讲讲城里的新鲜事。这些事情母亲爱听，我们不太爱听。但是有一回，我们也听得入了神，因为父亲说的是做菜的方法，工地上的朋友教了父亲如何做腐乳炒竹笋。听着听着，我们口水都要流出来了。

当时正是仲春，江南食笋季节。第二天一大早，我和大妹就到村后细竹林里掰了两小捆带露的茅竹笋，回家后赶忙剥了，要母亲来做"腐乳炒竹笋"。母亲直笑我们一副馋鬼样。

母亲在锅里放了一点油，把鲜竹笋入锅小炒了几下，再将几块豆腐乳用水捣散，加入少许糖，然后放进锅一起翻炒。

香味飘出，我们直咽口水。菜刚起锅装进瓷碗，我们几个就用手各抓了一小根放进嘴里，真的是鲜美无比啊！母亲笑着要打我们的手，说：

"哎呀，这些馋鬼，脏啊！"小弟弟没有抓到，大哭了起来。母亲用筷子夹了一根放进他嘴里，这才止住了哭声。

很可惜，父亲早已经做工去了，我们几个在餐桌上说要给他留一点腐乳炒竹笋。但结果是谁也没有兑现诺言，大家把整碗腐乳炒竹笋吃了个精光。我们有点愧疚，母亲笑着说："没有关系的，吃了就吃了。大鱼大肉我们吃不起，地里的竹笋是不花钱的，腐乳是自家做的，等晚上爸爸回来了我再做这个菜。"

以后母亲经常会给我们做这道菜，吃得多了，也就觉得不怎么鲜美了。过了春天，这道菜就吃不到了，然后我们又开始想念这道菜。到了来年春天，这道菜又成了桌上的美味。

长大后，家境好了起来，我们也就很少吃腐乳炒竹笋了。

前几天读到了清代郑板桥的诗句："江南鲜笋趋鲥鱼，烂煮春风三月初。"内心突然涌起一阵酸涩而又甜蜜的感觉，童年往事像电影般从脑海中闪过。我想腐乳炒竹笋不仅仅是一道菜，它还是一段沧桑的岁月，一份浓浓的亲情。

日子过得有点糊

在生活这所大学校里我永远是个迟到的学生。年近三十岁，我调进了梦寐以求的机关工作。去年我三十岁，在这一年，我完成了人生的两件大事：结婚、买房。这一切虽然有些晚，却是人生之大幸福。但是，幸福之杯太满，幸福的密度太大，却令人难以把持。

人心是面镜子，难以看清看透的往往是自我的容颜。曾经盲目地自诩才华横溢，而到了施展的舞台，才发现自己不过是井底之蛙，该学的东西在夸夸其谈时已经荒废了，做起事来总是捉襟见肘。经过一番激烈的思想斗争后，去年八月，我辞去了机关的工作，重回学校，做了一名普通的人民教师。

曾经，父母对于我入机关抱了许多人生幻想，他们在人前人后流露了太多的以我为荣的神情。也许在他们眼中，儿女只有在机关工作才是真正的成龙成凤。辞去机关工作前，我并没有和父母商量，因为我料想他们肯定不同意。办好了一切手续，我才告诉他们。纵使我百般解释，他们依然是惊讶、伤心和愤怒。这种神情，和我的岳父岳母是一样的。

紧接着我的儿子出世了，我的农民老爸老妈欣喜了一阵之后又恢复了平静，没有出现我意想中的那种欣喜的狂热温度和持久度。我觉得对不起我的儿子，他本来应该获得爷爷奶奶更多的疼爱，却因为我的"不争气"而抵消了。

在乡下坐完月子，妻子回来了。妻子和我在同一所学校教书，休了产假。初为人父母，我俩什么都不懂，便买了许多育儿书籍，手忙脚乱地照料儿子。孩子出世前的二人世界天高云淡，惠风和畅。如今每遇孩子身体不适或哭闹，我们俩便互相抱怨、冷战乃至谩骂，生活一地鸡毛。

买房子时，我们只付了首期款，过了几个月，房产证办下来了，非得交清所有的款项，我们还差两万元。而在房子装修、添置家具时，我的父母已经支持了我近三万元钱，家里已经空了，岳父也支持了好几千。我们只能自己想办法，两万元，一个庞大的数字如巨石般压了下来，短时间如何能筹齐啊？我在上班时，头脑中挥之不去的是钱的困惑；妻子带孩子时，四处打电话向人借钱，真有点疲于奔命的感觉，两人相对我们直想哭。不记得了是怎么筹齐了钱，我只觉得是时间流逝的力量真的很伟大，站在光阴的背后，剩下的只是回忆。

妻子的产假结束，我们俩都有繁重的教学任务，而农村的事情总是那么忙，两边的父母都难以抽出手来照料他们的孙儿。我们只得把儿子带到学校，课程交叉时好办，重了就把孩子托付给别的老师照料，幸好的是同事们都很热心帮忙，而且喜欢我的儿子。我们忙碌着，忙于工作，忙于抚育孩子，忙于吵架，忙于互相安慰。

今年端午节，我们一家三口回到乡下过节。饭桌上，一向不太言语的父亲对我说："孩子，你瘦了！"妈妈也对妻子说："媳妇，你累着了，孩子有十个月了，让他断奶吧，我们来照料。婴儿车、婴儿睡床、衣服等我们两个月前就买好了。"妻子点了点头。我听着父母的话，感到了一种久违的温暖。我第一次跟父亲碰了碗，一口干了一大碗水酒，眼睛酸酸的。父亲对我说："儿子，你离开机关，这么大的事应该事前和我商量一下，这叫尊重。人家说多年父子成兄弟，心里话不该瞒着，应该和我说一说。"我这才知道我和父母的真正的"节骨点"在这里，我也知道了我已经错得一塌糊涂了。我有点哽咽地说："爸爸，对不起。"母亲说："孩子，你肯定会抱怨我们没有照料孙子，但是你知道吗，我们给你装修房子、买家具的钱里有一部分是借来的，我们现在多做点事，是想多赚点钱早点把债还上，你弟弟年纪不小了，办婚事还要一大笔钱。"父亲说："过节了，别说这些。"我的眼泪真的是忍不住了。我知道，时间已经冲淡那段往事带来的不快，我的父亲母亲已经接受了他们的儿子只是一个普通人的事实。我知道，我对父母理解得很片面，父母其实一直在关心着他们的儿子，他们只是将一种人生的大爱深深埋藏在心底。那一个中午，我和父亲喝得酩酊大醉。

晚上，我和妻子漫步沿河路，发现又这条路上添了许多风景灯饰，我所生活的这座城市真是太美了！曾经日子过得有点糊，曾经心里也有点糊，从明天起我想做个幸福的人，春暖花会开！

红袖添香夜读书

　　电脑中毒了,我非常恼恨地关了机,就再也没有启动。
　　妻子说水开了,让我拿茶杯去泡茶。端着酽酽的茶回到书房,我被一排排熟悉而陌生的书吸引了,便开始漫无目的地在书脊上穿梭。我取下了两本书,一本是周海婴先生的《我与鲁迅七十年》,一本是弗洛伊德著《梦的解析》。两本书都很新,书的扉页上都写着:"2006年7月购于南昌新华书店"的字样,除此之外,就再没有读过的痕迹。一年了,书就这么冷冷地站在书架上看着我在电脑前热闹着,这也许就是书的"怀才不遇"吧!当时在书店淘书时立下要读尽此书的"宏图大愿",后来都被身边的诱惑消解了。
　　人似乎很脆弱,很容易受诱惑。以前每天回家第一件事情就是打开电脑,心立即被网上精致漂亮的文字吸引。可是往往一篇网文阅读过半后,眼睛就无端地被网页角落里的一些小广告小信息勾去了。那是些明星的逸闻,或政要的丑闻,或激情的照片,或散佚新奇的史料,于是眼牵心,心牵手,点击。结果,自己就像中了一个连环套,因为离奇的世界无休无止，猎奇的心理欲壑难填，每天晚上有好几个小时我就被这些"稀罕东西"牵扯着。夜深人静，关上电脑后反思，颇觉后悔，发誓明日绝不这样。可是第二天，又是昨日的翻版。

今夜要好好看书了。我端坐书桌旁，台灯撒下一片温馨而和暖的光，伴着茶香袅袅，有些朦胧意境。书桌上有块圆镜面大的雨花石，上面写着几个字——红袖添香夜读书，那是妻子到南京旅游时帮我带来的。

红袖添香夜读书，好美的文字！好美的境界！荧荧烛照，书生手握书卷低吟浅诵，一旁美丽妩媚的红衣女子静立，宽大的袖袍中伸出白皙玉臂，纤纤细指研墨净笔，一股暗香萦绕蔓延书房，书生为书沉醉，也为暗香沉醉。我想此番境界唯古才有，今天只成了读书人寄托思古幽情的"引语"罢了。如今红衣宽袖的女子难觅芳踪，妻子为了工作和家庭操劳。书随处可见，却被好热闹的我们尘封了，被尘封的还有一段段书香。

其实对于读书人，追求书的心理古今都是相通的。每次上街，逛书店是费时最多的任务。书买回来后，由于种种原因我们却把它当成了一种摆设，一种空闲的装饰，读书的时间往往还不如淘书的时间长呢。其实对于读书人，许多品行心性是相同的，喝茶，抽烟，饮酒……茶慢慢呷，有味；酒细细品，够劲。读书也是一种"文火"工夫，需要静下心来，细细咂摸字里行间流露的理性和情感，可是这种功力我们在慢慢把握不住。

妻子和我一样，也是个教师，对于我读书写作是很支持的。为了我，她包揽了所有的家务；为了我，她退出书房到客厅备课；有时开了电视，她也把声音调得很小，并帮我把书房的门关好。她不曾想到我的时间很多打发在网上猎奇中……

读书正酣，妻子端着水壶进来，给我的杯中续水。妻子说："老公，今天这么认真看书啊，那我也进来备课了。"书房的两张书桌是拼在一起的，我和妻子对坐着。喝了两口茶，妻子又站起来给我续水。

　　此时，我又看见了雨花石上的几个字：红袖添香夜读书。此时我才明白，其实无论是古时还是今日，读书人的幸福都是一样的。

世界上所有的深情

我无法用枯涩的笔写出世界上所有的深情,但是我总觉得,世界上所有的深情,都能用一种温暖的语言表述,这语言精美得就如一束春天的阳光,温暖而明媚。

一

近来读《红楼梦》,心中感触甚多。虽已人到中年,然宝黛间儿女情长的文字总让我心生欢喜。曹雪芹写作红楼时也已中年,吾读红楼,就如一个中年男子对百年前另一个中年男子的礼赞与仰慕,阅读那个中年男子对青春的深情回忆。我仿佛看到,一个站在秋天的背影慢慢转身,向着春天回眸,一颗沧桑的灵魂书写对曾经锦瑟年华的慨叹。

爱情如花绽放在人生最好的年华,这是一种幸福。生长在鲜花着锦、烈火烹油的豪门中,无疑更是大幸福。宝玉的最好年华中,身旁聚集着一群青春靓丽的女子,许是因为通灵的缘故,他身上有着一种极致的深情。黛玉家世飘零寄居贾府，心性敏感，一语不合便泪光点点、娇喘微微。她寄情于宝玉，又如风中柳绵般不踏实。宝玉告诉她："弱水三千，吾只取一瓢饮。"

弱水三千，吾只取一瓢饮。这句子读来令人口舌生津，既表明宝玉心境，也打消了黛玉顾虑。

人与人之间的相逢是有缘分的，地球那么大，芸芸众生，熙熙攘攘之人流，两个人遇见，两颗心碰撞出火花，何其难得！这是一种大造化，有道是，有缘千里来相会，无缘近面不相逢。佛说："前世的五百次回眸，才换来今生的擦肩而过。"张爱玲说："于千万人中遇见你所要遇见的，于千万年之间，时间的无涯的荒野里，没有早一步，也没有晚一步，刚巧赶上了。"

曹雪芹为宝玉和黛玉的遇见安排了一个浪漫而又美丽的前世传说——木石前盟：

> 西方灵河岸上三生石畔有株绛珠草，当时赤瑕宫神瑛侍者每天以甘露灌溉它。绛珠草受天地精华滋养，修成女体人形，因想酬报神瑛侍者的灌溉之德，心中郁结缠绵不尽之意。神瑛侍者动了凡心，便到人间造历幻缘。绛珠仙子也就随着下凡，了结恩情："他是甘露之惠，我无水可还，就将一生所有的眼泪还给他。"
>
> 神瑛侍者来到人间成了贾宝玉，绛珠草成了林黛玉。林黛玉哭哭啼啼小心眼，是在以泪报恩，更是对宝玉挂念的深情，而宝玉也心属于黛玉。

通读《红楼梦》，宝玉和黛玉虽然两情相悦，但自始至终两人都未说过一个"爱"字。这是曹雪芹高超的语言艺术，两个情人之间的深情以含蓄的语言来表达更让人动怀。在《红楼梦》第八回中，宝玉和黛玉来薛姨妈处，用过膳后天色已晚，黛玉因问宝玉道："你走不走？"宝玉乜斜倦眼道："你要走，我和你一同走。"你走我也走，这听起来寻常的话中，实际蕴含了两人彼此的独一无二，这是志同道合、情人相随啊！

在宝玉黛玉如此的深情面前，宝钗的插足是可悲的。尽管后来黛玉逝去，宝玉宝钗结为夫妻，宝玉的心却始终挂念着黛玉。书中有首词《终身误》写道：

> 都道是金玉良缘，俺只念木石前盟。空对着，山中高士晶莹雪；终不忘，世外仙姝寂寞林。

从词牌名中，我们就看出了三个人生的悲剧。黛玉已逝，宝钗还是难以走进宝玉的心中，这一切，皆因深情所起。唐代诗人元稹的两句诗可以很好地解释这个问题："曾经沧海难为水，除却巫山不是云。"说得真好，曾经到临过沧海，别处的水就不足为顾；除了巫山，别处的云便不称其为云。

法国作家圣·埃克絮佩里的《小王子》中也有类似的话："如果有人钟爱着一朵独一无二的、盛开在浩瀚星海里的花。那么，当他抬头仰望繁星时，便会心满意足。他会告诉自己，'我心爱的花在那里，在那颗遥远的星星上。'可是，如果羊把花吃掉了。那么，对他来说，所有的星光便会在刹那间暗淡无光！""也许世界上有五千朵和你一模一样的花，但只有你是我独一无二的玫瑰。"

说得直白些，一座园中繁花似锦，你钟爱的那朵花被拔掉了，整座花园对你便无多大意义；城市繁华，你的房子不在这儿，这座城市对于你来说就是空心的。一家公司有你热爱的岗位，你肯定会关注它；靓丽的舞台上，如果有了你所爱的人，你的掌声肯定会更加热烈。

二

苏轼的《江城子》是悼念亡妻的作品："十年生死两茫茫，不思量，自难忘。"苏轼的情感是丰富的，他对妻子一往情深，但是对一些红颜知己却很薄情，比如他要到外地赴任，朋友看中了他的一个小妾，他便将小妾送给朋友换了一匹马，反倒是那个小妾钟情，一头撞死在槐树上。小妾曾经愉悦了苏轼的时光，但是苏轼心中深情所属还是他的妻子。

说起深情佳话，南宋诗人陆游当榜上有名。陆游与舅父之女唐琬结婚，陆母怕陆与唐沉醉于两人世界，而影响陆的登科进官，以婚后三年未有子为由，逼其与唐琬离婚。古代孝子的爱情就如易碎的玻璃！分手以后，陆游又被迫娶妻，而唐琬也改嫁赵士程，可是两人都心系彼此。相别后十年后，在绍兴城外的沈园中，陆游来此赏春，巧遇唐琬和丈夫赵士程。两人重逢，又无法当面诉离情，随后，唐琬派人送来一些酒菜，默默以示关怀，就离去了。陆游在伤心之余，就是沈园的影壁题下《钗头凤》：

红酥手，黄滕酒，满城春色宫墙柳。东风恶，欢情薄，一怀愁绪，几年离索。错，错，错！

春如旧，人空瘦，泪痕红浥鲛绡透。桃花落，闲池阁，山盟虽在，锦书难托。莫，莫，莫！

据说唐琬看到这首词，也和了一首《钗头凤》：

世情薄，人情恶，雨送黄昏花易落。晓风干，泪痕残，欲笺心事，独语斜栏。难，难，难！

人成各，今非昨，病魂常似秋千索。角声寒，夜阑珊，怕人寻问，咽泪装欢。瞒，瞒，瞒！

在今天沈园的影壁上，还录着这两首词。两首词都绝望凄楚，缠绵悱恻，感人至深，催人泪下，字里行间显示了二人的深情与无奈。

两人重逢后没有多久，唐琬就怏怏而卒（心情忧郁而死）。时光清浅，眨眼而逝，八十四岁高龄的陆游，又来到沈园，写下了：

沈家园里花如锦，半是当年识放翁；也信美人终作土，不堪幽梦太匆匆。

诗中流露出刻骨铭心的眷恋与相思，也充满不堪回首的无奈与绝望。

元好问的《摸鱼儿·雁丘辞》有一句写得更加凄婉悱恻："问世间情是何物？直教人生死相许。"这种生死相依怀恋终生的爱情确实是让人感慨唏嘘的。

曲名中的雁丘，有个来历，一位捕雁的人曾经对元好问说，他捕获杀死了一只大雁，另外一只脱网的大雁悲鸣不已，久久不离去，竟然一头栽于地上自杀了。元好问于是买下大雁，葬在汾水河边，用几块石头做了标记，取名为雁丘。大雁深情，竟然因情而死，痛哉！壮哉！这真是"问世间情是何物？直教人生死相许"！

生死相依的爱情多半是悲剧，而悲剧的动人力量之处，就如鲁迅所说"将美好的事物撕碎了给人看"。莎士比亚的《罗密欧与朱丽叶》中，罗密欧与朱丽叶在舞会一见钟情，后来得知两人的家庭之间有仇怨。朱丽叶的堂兄与罗密欧决斗，被杀死，罗密欧遭流放。罗密欧离开后，朱丽叶被家人许配给他人。朱丽叶得到一种假死药，服后如死人一般，但过四十八小时后会醒来。朱丽叶下葬后，罗密欧得到消息回来，打开坟墓，喝下毒药自尽。不久朱丽叶醒来了，发现罗密欧死在自己身边，于是拔剑自杀而死。这个故事和梁山伯与祝英台的故事有些许类似，也和《孔雀东南飞》的故事相似。

《泰坦尼克号》中，船沉没了，在冰冷的海水中，杰克将生的希望留给了露丝，对露丝说："我还有一个心愿……你必须答应，你要活下去，决不放弃，无论发生什么，无论希望多么渺茫，露丝，要活下去。"露丝活了下来，长寿地活着，活在与杰克的爱情回忆中。双双殉情、生死相依的故事，读来总是让人心情沉痛。

汤显祖在《牡丹亭》的《题词》中将生死相依的深情渲染到了极致："如杜丽娘者，乃可谓之有情人耳。情不知所起，一往而深。生者可以死，死者可以生。生而不可与死，死而不可复生者，皆非情之至也。"相比之下，我更喜欢《牡丹亭》的大团圆结局，让人的心情在沉重之后，又多了几分轻盈的美好。

贫寒书生柳梦梅梦见花园的梅树下立着一位佳人，从此经常思念她。南安太守杜宝之女名丽娘，从花园回来后在睡梦中，见一书生持半枝垂柳前来求爱，两人在牡丹亭畔幽会。杜丽娘从此愁闷消瘦，一病不起，弥留之际央求葬在花园的梅树下，嘱咐丫环春香将其自画像藏在太湖石底。三年后，柳梦梅赴京应试，在太湖石下拾得杜丽娘画像，发现杜丽娘就是他梦中见到的佳人。杜丽娘魂游后园，和柳梦梅再度幽会。柳梦梅掘墓开棺，杜丽娘起死回生，两人结为夫妻。柳梦梅在临安应试后，受杜丽娘之托，送家信传报还魂喜讯，结果被杜家囚禁起来。发榜后，柳梦梅由阶下囚一变而为状元，纠纷闹到皇帝面前，杜丽娘和柳梦梅二人终成眷属。

三

《诗经》云："死生契阔，与子成说。执子之手，与子偕老。"这样的文字站立在你的面前，相信大家都会深情地读上几遍。生生死死离离合合，无论怎样，永在一起，这是情人之间的约定，双手交相执握，一起垂垂老去。

性情男女，静守着一份默契的懂得，共剪一生如水光阴，这是暖阳下的一个温暖的梦。人生最难得的是，当容颜老去，情感却如醇酒一般，散发迷人芬芳。叶芝的诗歌非常动人："多少人，追慕过你／当你楚楚动人，他们如此痴迷你的美貌／真心，或者假意／唯有一人，偏爱你圣洁的灵魂／爱你沧桑的脸庞。"

杜拉斯的小说《情人》在开头有一段话直接敲击读者的心，与叶芝的诗歌一样震撼："我已经老了。有一天，在一处公共场所的大厅里，有一个男人向我走来，他主动介绍自己，他对我说：'我认识你，我永远记得你。那时候，你还很年轻，人人都说你美，现在，我是特来告诉你，对我来说，我觉得现在你比年轻的时候更美，那时你是年轻女人，与你那时的面貌相比，我更爱你现在备受摧残的面容。'"

杜拉斯本身就是一个爱情的传奇，我以为这一段美丽的语言，如一泓清泉，从她深情的心房里自然地流泻而出。我无法用枯涩的笔写出世界上所有的深情，但是我总觉得，世界上所有的深情，都能用一种温暖的语言表述，这语言精美的就如一束春天的阳光，温暖而明媚。

畅销书《岛上书店》中，伊斯梅的丈夫车祸死去后，警官兰比亚斯爱上了她。伊斯梅对他说："我提醒你，我可能是本封面漂亮但不好看的书。"兰比亚斯说："你这本书上架已经有好几年了，我读过情节摘要和封底引用的话。"精当而贴切的比喻含蓄温婉，令人击节。

作家沈从文和张兆和的爱情故事，一度成为文坛佳话。沈从文的情书中有一段话甚是迷人："我行过许多地方的桥，看过许多次数的云，喝过许多种类的酒，却只爱过一个正当最好年龄的人。"

沈从文是张兆和在中国公学读书时的老师，对张兆和一往情深，写了许多情书。兆和不领情，将情书给了当时的校长胡适看。没想到胡适反而帮沈从文说话："我知道沈从文顽固地爱你！"张兆和斩钉截铁地说："我顽固地不爱他！"但沈从文一直没有放弃追求，他专门到苏州张家拜访，最后张兆和的二姐张允和促成了沈从文和张兆和的好姻缘。

将白头偕老的意愿发挥到极致，将海誓山盟说得最斩钉截铁的，莫过于《上邪》了。"上邪，我欲与君相知，长命无绝衰。山无陵，江水为竭。冬雷震震，夏雨雪。天地合，乃敢与君绝。"这首诗后来被琼瑶阿姨改写进了《还珠格格》的主题歌《当》之中："当山峰没有棱角的时候，当河水不再流，当时间停住日夜不分，当天地万物化为虚有，我还是不能和你分手，不能和你分手，你的温柔是我今生最大的守候……"

四

单相思抑或错过，无疑是一种缺憾，在许多文学作品中往往呈现出忧郁的美，如泰戈尔的诗《世界上最远的距离》：

世界上最远的距离／不是生与死的距离／而是我站在你面前你不知道我爱你／世界上最远的距离／不是我站在你面前你不知道我爱你／而是爱到痴迷却不能说我爱你／世界上最远的距离／不是我不能说我爱你／而是想你痛彻心脾却只能深埋心底／世界上最远的距离不是我不能说我想你／而是彼此相爱却不能够在一起／世界上最远的距离不是彼此相爱却不能够在一起／而是明知道真爱无敌却装作毫不在意……

当然，这首诗在泰戈尔的诗集里找不到，可能是民间诗人做出了这首诗，为了推广而借用泰戈尔的名气。但是，无论是谁写的，都无法阻止这首诗美感的散发。

中国古代有许多具有缺憾美的类似的诗句，如"还君明珠双泪垂，恨不相逢未嫁时""君生我未生，我生君已老。君恨我生迟，我恨君生早"。说到此，我想起了晚唐诗人杜牧的一个小故事，杜牧早年游湖州，识一民间女子，年十余岁。杜牧与其母相约过十年来娶，后十四年，杜牧始出为湖州刺史，女子已嫁人三年，生二子。杜牧感叹其事，挥笔写下《叹花》一诗："自恨寻芳到已迟，往年曾见未开时。如今风摆花狼藉，绿叶成阴子满枝。"诗人借寻春迟到，芳华已逝，花开花落，子满枝头，喻少女青春已过，含蓄委婉地抒发机缘已误、时不再来的惆怅之情。

张爱玲说："爱一个人，会卑微到泥土，开出花来。"这是一种痴情的状态，爱到深处浑然不计自我，就像《追风筝的人》中的一句话："为你，千千万万遍。"也正如马克·李维《偷影子的人》中写道："她凝视着我，漾出一朵微笑，并且在纸上写下：'你偷走了我的影子，不论你在哪里，我都会一直想着你。'"

佛陀弟子阿难出家前，在道上见一少女，从此爱慕难舍。佛祖问他：你有多喜欢那少女？阿难回答极为深情："我愿化身石桥，受那五百年风吹，五百年日晒，五百年雨打，但求她从桥上走过。"其实，情到深处，独具慧根，也生出了佛之大悲悯情怀。

谈到痴情，定要说说金岳霖，他对林徽因的痴恋简直"三洲人士共惊闻"。林徽因、梁思成夫妇家里几乎每周都有沙龙聚会，金岳霖是梁家沙龙座上常客。长期以来，金岳霖与林徽因一家毗邻而居。林徽因死后，有一年，金岳霖在北京饭店请了一次客，老朋友收到通知，都纳闷：老金为什么请客？到了之后，金先生才宣布："今天是徽因的生日。"金岳霖自始至终都以最高的理智驾驭自己的感情，他终生未娶，却爱了林徽因一生。

也许，处于深情的人，就如一个长不大的孩子。记得以前有位教授讲《红楼梦》，说贾宝玉和林黛玉真诚的就像是长不大的孩子，他俩像孩子一样将悲喜挂在脸上，像孩子一样闹别扭。我觉得他说得很好，因为爱神丘比特就是一个长不大的孩子啊。

　　相传，丘比特是爱与美的女神维纳斯与战神阿瑞斯私通生下的孩子，为了掩盖这个污点，丘比特悄悄地送了一朵玫瑰给遗忘女神，希望大家就把这件事情全忘了。我们今天看到的丘比特的画像，胖乎乎的脸，孩子的身体，长着一对翅膀，拿着弓箭，他永远无法长大，天真无邪。爱情就如孩童一样纯真，爱神是个长不大的孩子。

第三辑　诗意人生

虞美人，花中美人魂

　　近日读《咏花诗品》，只觉得满卷花香扑鼻。特别是读到虞美人这一节，甚觉花香萦绕，但是心凄然怆然。

　　全书中写虞美人的只选了五首诗，但是都很有雅趣。读罢让人觉得虞美人真的乃花中仙姝，花中美人魂。

　　虞美人又名丽春花、蝴蝶满园春、赛牡丹、百般娇。一年生或多年生直立草本。花单生或成对着生于叶腋，花蕾卵球形，具长梗，未开时下垂，花冠蝶状，四瓣，有红白黄紫等色，亦有镶色。

　　虞美人花名的来历，与一古典美人项羽的爱妾虞姬有关。虞姬的生平我们知之不多，但是《霸王别姬》却成了舞台经典，一舞就是一千多年。项羽处四面楚歌中，美人虞姬为消除项羽的后顾之忧，她拔剑起舞，跳了一段绝美的舞蹈后，引剑自尽。据说虞姬的香魂不散，后来在她的坟四周开满鲜花，人们就称此花为虞美人，"香魂夜逐剑光飞，青血化为原上草"（《苕溪渔隐丛话》中《虞美人草行》）。

　　虞美人花的是美丽绝伦的，要不能怎又名赛牡丹。它的美，是一种幽怨之美，是种脱俗之美，像极了虞姬的绝色和凄怨。杜甫《丽春》中写道："百草竞春华，丽春应最胜。"明孙齐之《虞美人》诗中云："夜月空悬汉宫镜，幽姿犹带楚云妆。"

我最敬佩虞美人的，是她对项羽、对爱情的忠贞。杜甫诗云："纷纷桃李枝，处处总能移。稀如可贵重，却怕有人知。"《杜诗详解》中云："桃李凡姿，随移随活，独丽春性异，移之即槁。却似怕有人知，所以可贵也。"虞美人是在坚守，坚守那份对项羽的爱情。在虞姬的心中，霸王是可突围，然后从江东东山再起的。她没有料到的是，项羽放弃了到江东的机会，而在乌江边自刎。但是虞姬不知，死后之魂却日日在盼望着项羽归来。她的魂望穿了秋水，好比望夫石。姜夔《虞美人草》："陌上望骓来，翻愁不相顾。"

虞美人的心始终向着项羽，生前得过项王的三千宠爱，项羽征战也总要带上虞姬的。虞美人感激项羽，她爱项羽，她要生生世世，于轮回中爱着项王。虞美人花只要是听人说吴语，它就以为是项王来了，它就会跳起最美丽的舞蹈欢迎夫君。据《梦溪笔谈·乐律篇》载："虞美人草闻人作《虞美人曲》则枝叶皆动，他曲则不然，详其曲声，皆吴音也。"清吴嘉纪《虞美人花》："影弱还如舞，花娇欲有言。年年持此意，以报项家恩。"

我曾经写过一首关于虞美人的小诗，记得最后几句这样写道：香魂萦绕名叫望夫的碑石／聚而开几簇大大咧咧的花／是探询的眼睛么／每每闻吴音而舞／可看清了／前路来的是哪朝哪代的霸王。

诗心一片惜落花

转眼间，春意阑珊。和朋友去了趟乡下，看见树上稀花残蕊，树下落花满径，不觉有些伤感，回来后很后悔自己不该去的，在春天的尾巴上把春兴给败坏了。

落英缤纷，花谢花飞，古往今来，多少人触景伤情，凄婉怜惜。仔细想想，我辈惜落花只是停留在花之华表，而古人惜落花却是用情至深，用心至切。

《诗人玉屑》中有一小故事：花落满地，衡州蒋生未曾打扫，太守怒其不扫地，辱之。后来蒋生上诗曰："春来不是人慵扫，为惜莓苔衬落花。"守见，悔焉。因为惜春，而不愿意打扫，从中读出了蒋生一片烂漫的诗心。元代诗人郝经亦在《落花》中写道："狼藉满庭君莫扫，且留春色到黄昏。"二人心境相通也。

北宋词人秦观在《浣溪沙》中写道"自在飞花轻似梦，无边丝雨细如愁"，句子很美，美得耐人咂摸。很喜欢"飞花轻似梦"的新奇比喻，暮春时节，落英缤纷，片片落花随风飘扬，像梦一般轻盈。寂寞女子面对落花飞舞之暮春时节，那份淡淡哀愁和轻轻寂寞充盈书页。

晚唐诗人杜牧，骨子里有一种风流情韵。多年华丽交游，留恋风月，迷醉风尘，"十年一觉扬州梦，赢得青楼薄幸名。"杜牧《叹花》中，以落花喻美人别嫁，情缘飘零，"自恨寻芳到已迟，往年曾见未开时。如今风摆花狼藉，绿叶成阴子满枝。"据说，杜牧游湖州时，见一女孩，十来岁，娇艳欲滴。杜牧心生爱慕，又怜其太小，于是给其母重金，并约定十年后迎娶女孩。可是，十四年后，杜牧才到湖州任刺史。当年的美丽女孩已在三年前嫁作他人妇，而且生了二子。毕竟，约定十年期不来，杜牧违约在先，他只得悲切怅惘，"苦等女长成，到头一场空"。

读《红楼梦》中林黛玉的《葬花吟》，心中黯然神伤。黛玉本是一颗绛珠草，为浇水的恩情，要用一生的眼泪来报答。本来面前有一段艳丽的爱情，但是大观园中"风刀霜剑严相逼"，让咫尺成为天涯，让心有灵犀难以比翼，于是孤寂的心在慢慢的煎熬。黛玉在落花时节感叹身世的飘零与情感的挫伤，花动人心，"花开易见落难寻"，"花谢花飞花满天，红消香断有谁怜。"其实黛玉已托身为花，人花交融，岁月终于带走了如花的容颜，带走了凄绝的情。

晚唐诗人韩偓面对落花，更是悲情满怀。其《惜花》中语："眼随片片沿流去，恨满枝枝被雨淋。"一片片落花顺流而去，残枝还受无情风雨摧残，满目狼藉，联想到宦途的浮沉以及国家的衰亡，满怀怅恨。其《哭花》中语："若是有情怎不哭？夜来风雨葬西施。"借落花抒亡国之痛也，沉郁悲怆。李煜的后期的词，让人不忍卒读，面对落花，心中只是一片伤国恨，"流水落花春去也，天上人间"。

掩上书页，有泪光莹莹。嘻哈浮躁的时代，古人的惜花伤花情结让心灵沉静了几许，清明了几许。

男人哭吧哭吧不是罪

谨以此文,献给那些奔波在从骨感现实赶往丰满理想的路途上的男人们!

昆剧《宝剑记·夜奔》中有两句诗:男儿有泪不轻弹,只因未到伤心处。这两句诗之所以能广泛流传,我想是因为它很好地揭示出了男儿本色。男儿是坚强的,但是男儿同样也是性情中人,也想流泪,也想哭泣。

鲁迅先生曾经给替儿子周海婴治过病的日本医生坪井先生写过一首诗,其中有两句诗曰:无情未必真豪杰,怜子如何不丈夫。刘德华有首歌《男人哭吧不是罪》,歌词写得相当好,我经常要吼上两嗓子:男人哭吧哭吧哭吧,不是罪,再强的人也有权利去疲惫,微笑背后若只剩心碎,做人何必真得那么狼狈;男人哭吧哭吧哭吧,不是罪,尝尝阔别已久眼泪的滋味,就算下雨也是一种美,不如好好把握这个机会,痛哭一回。

身为男人,铮铮铁骨、潇洒刚毅、雷厉风行……确实有无数的骄傲。但是,面对日益激烈的竞争,来自社会、事业、家庭等方面的压力让男人不堪重负，而这，是不能说的。在单位，一个男人如果事业上无起色，会被人骂为窝囊废。酒桌上要会侃，要会对着酒瓶吹，要舍得拿健康换几个朋友，否则办事没熟人，会被人骂为"无能"。男人是家庭的主心骨，一生注定要为房子、车子、票子奔波，父母的晚年是否幸福，妻子的容颜能否娇嫩，儿子的学业是否优秀等等，男人都是负主要责任的。光顾事业了，人家说你没责任感；光顾家了，人家又说你没本事；不去应酬，怕被老板废了；去应酬吧，怕被老婆废了。男人的一生就在社会单位、家庭、社交场之间，疲于奔命。

身为男人，有时我也很想哭一回，流一次泪，但是我找不到地方哭，于是把泪强压回去了。其实我也知道，男人的喉咙不能光说话光吃喝光会笑，也要会哭的，但是我忘记了怎么哭；其实我也知道，眼泪这东西是要流一流的。台湾作家琦君说，眼因流多泪水而益清明，但是我们的眼睛是干枯的，有多少年没有流泪了。

我曾经听人描述过我的一位朋友在课堂上哭泣的事情。

很有学问的他，深受学生与家长敬重，深受同行尊敬，但是对于学校追求考分和同行间惨烈的分数比拼等现象，他感到很迷惘，粗陋的语文教学风气与他心目中的追寻诗意的语文教学理想相去甚远，在毕业班上课的时候，他对着学生哭了。虽然我只是听说，但是我能深深理解他的心。如项羽，四面楚歌中，感到无从突围的痛彻心扉；亦如鲁迅说的，身处黑屋子看不到光亮的苦闷与彷徨。

由此，我想起阮籍的哭。阮籍喜欢驾着车，在车上放几桶酒，随意地四处游荡，一路走一路喝，走到路的尽头时便号啕大哭，哭够了，又驱车另外找路。王勃在《滕王阁序》中称其为"穷途之哭"。阮籍看似疯癫，实则是满腔抑郁之情的发泄。他与司马氏关系稍微接近，无法反抗司马氏的统治，但他又不愿同当时的官员一样为司马氏服务，内心交加着矛盾，痛苦，于是便有了大哭疯癫之举。

那天，我亲见一个男儿的哭泣。

一个朋友叫我去他办公室喝酒聊天，他从餐馆叫了几个菜。我在路上耽搁了些时间，等我到的时候，他竟然已经先喝醉了，趴在桌上睡觉。我叫醒了他，然后给他倒了一杯浓茶。他喝了一口茶，我看见他的眼睛红红的，眼泪欲流非流。我问了一句："你是否太累了？"忽然，他趴在桌子上，竟然哇哇地哭了起来。那哭声真是难听，我想他也是个忘记了怎么哭的人。女人可能哭多了，哭声很艺术性，有调调；而男人哭的声音，就像一摞一摞的瓦片掉在地上，碎的嗡嗡声。

我赶紧上前，拍他的后背，说了些安慰的话，没有想到他哭得更厉害了。一个在我面前表现得雷厉风行、坚强无比甚至还比较幽默的男人，现在竟然像小孩子一样哭了起来。他说："我很累啊，我很想哭，但是我不敢哭啊，我在家不敢哭，怕老婆伤心，千万别把这件事告诉我老婆，也别告诉别人。"也许是情绪会传染，也许是他的哭触动了我的泪腺，那一刻，我的眼眶也湿湿的，只是没有哭出声来。

他的近况我是知道的。这些天，他的母亲住院，他和妻子经常往医院跑；他的儿子正读初三，面临升学……这一切如大山一般压在他的心头，他不堪重负。在办公室借着醉酒，他才敢在办公室里关着门用眼泪来浇心中块垒。

猛然想起自己年轻时的一次哭泣。

那是 2002 年，我单独坐在出租屋中看电视，电视中刘欢在唱《从头再来》，歌声如一根线，牵扯出工作六年走过的历程。毕业三年后，学校生源不足，鼓励老师停薪留职外出打工。我当时身无分文，还向老爸要了五百元路费去找工作，然后漂泊于广东、上饶等地，2002 年回到家乡。六年过去了，感觉自己工作上毫无起色，无房无家，心中怅然若失，不禁悲从中来。伴着刘欢的歌声，眼泪哗啦啦地流下来……

哎，蓦然回首，说多了都是泪啊！男儿很多时候的哭泣，总结为一句话，那就是为丰满的理想与骨感的现实之间的差距而哭。

往事随风，记录下来都是文章；把握现在，真心生活都是诗篇。哭与不哭，男儿真心犹在，柔情藏于心间！还是再听听刘德华的歌吧——

男人哭吧哭吧哭吧，不是罪，再强的人也有权利去疲惫，微笑背后若只剩心碎，做人何必真得那么狼狈；男人哭吧哭吧哭吧，不是罪，尝尝阔别已久眼泪的滋味，就算下雨也是一种美，不如好好把握这个机会，痛哭一回……

我在心里吼叫这首歌！我想起一句话：每个男人心中有猛虎在细嗅蔷薇，铁骨中流动着柔情。

好男儿，你哭过吗？哭吧，哭吧，不是罪哦！

与美同行

　　总听到有人说，生活单调，没有美感。对于人，他说不美；对于风景，他说在远方。也许你会认为他的眼光太高了。不，其实这不是眼光的问题，而是他心中评判美的标准错了。对于人，他只看外表；对于风景，他只看颜色的浓淡。难怪罗丹说："世间不是缺少美，而是缺少发现。"

　　美在心，美在感悟。如果以肤浅之心看生活，生活在心中的投影必然苍白。不是生活不给你美，而是你的心封闭了自己，走不进美的世界。比如读人，就要走进人的内心，因为上帝也许没有给这个人俊俏的外表，却给了他一颗美丽的心灵。心灵之美，是人生大美，我们怎能视而不见？

　　美无处不在，我们与美同行。

　　走向自然，我们被美愉悦，与美同行。春来姹紫嫣红，夏至绿柳扶风，秋到金黄盈野，冬临银装素裹，自然四季扮靓了我们的双眸。山是沉稳的美，水是灵动的美；城市是繁华的美，乡村是宁静的美。"大漠孤烟直，长河落日圆"，是大漠苍凉悲壮的美，"小桥流水人家"，是江南婉约婀娜的美。任何一片风景都为美而生，山石草木，一切搭配得那么协调，徜徉其间，清泉洗去疲惫，微风荡涤风尘，花香沁人心脾。

  阅读中，我们被美陶冶，与美同行。坐在藤椅上，泡一壶清茶，翻开一本好书，奔赴一场美的约会。菊花满地，杨柳垂阴，陶潜不为五斗米折腰，毅然归隐，尽显恬淡清高之美；满腹文采，一再遭贬，东坡仰天高歌大江东去，踏碎天风海雨，笑谈千古风流，是豁达豪放之美；山河破碎，身世浮沉，文天祥带着镣铐唱响一曲民族的正气之歌，傲然而死，更是铮铮铁骨民族气节之美。俄国别林斯基说："美都是从灵魂深处发出的。"与美同行，思想情操陶冶升华，灵魂被浩然之气激荡。

  生活中，我们被美感动，与美同行。英国诗人济慈说："美的事物是永恒的喜悦。"无论是身边那份美丽的情感，还是远方那份美丽的思念，都让我们生活在喜悦中。父母亲情、朋友关爱、情人至爱，萦绕一生，爱组成了一幅人间美的画卷。还有许多平凡的人们，他们身上散发的美，直映入我们的心田，感化着我们。那一年，感动中国人物罗映珍深深地震撼着我的心，至今难忘。她每天守候在昏迷不醒的丈夫身旁，含泪写下了六百多篇爱的日记，读给丈夫听，终于让丈夫苏醒过来。这份忠贞美丽的爱情，净化了社会浮躁的情感。

  美无处不在，我们与美同行。

烂漫的诗心

我是个喜欢写诗的人，但总觉得生活并不富有诗意。当然我也不奢求生活如文学一般，随着构思生活。今日读到一首诗歌，让我对生活的诗意有了另一番领悟。

> 碧纱窗下启缄封，一纸从头彻尾空。
> 想是檀郎怀别恨，一切尽在不言中。

这首诗歌有个小故事，说是明朝时有个士人檀君在京城谋生，他给远在湖南长沙的妻子写了一封家书，托人带回家。可是不知道为什么，檀君竟把一张白纸封进了信中。妻子接到丈夫的来信，竟是白纸一张，思潮起伏，于是提笔写了上面的这首诗，托来人带给丈夫。

我们姑且不去想这位檀君把一张白纸装进信封是不是有什么意图，但是最起码檀君是草率的。妻子远在千里之外，难以相见，古人发信捎消息不如今天这么方便快捷，一封家书辗转途中可能也得半个多月。分别日久，相思成灾，家书抵万金啊！怎能不多检查一下就随意封信。唐代诗人张籍在《秋思》中写道:"洛阳城里见秋风,欲作家书意万重。复恐匆匆说不尽,行人临发又开封。"诗中"开封"这细节的描写细腻传神:唯恐时间急迫,匆忙中没能表达完尽心中意思,捎信的人要走了,我又把信打开看一看。思念亲人情真意切,对待家书那是慎之又慎啊!可檀君是何等草率啊!是否寓寡情于其中呢?要不怎么把家书变成了"无字天书"!

　　檀君又是幸福的。对于丈夫的无字天书,要是现代的新潮多情娇柔女子看了,恐怕得喝问哭闹,甚或移情别恋了!然而,对于丈夫犯下的失误,檀君的妻子没有怨恨,没有猜疑,而且还对丈夫的白纸做了诗意的解读,由无字延想到无限字,延想到丈夫的此举是因离情别恨而起,延想到丈夫对自己爱意无限:想是檀郎怀别恨,一切尽在不言中。多么美妙的领悟,多么诗意的诠释!女子诗心烂漫,心盛满幸福!有了诗心的引导,世间一切皆美好!一个古典的温良恭俭、秀外慧中的女子在我们眼前风姿绰约,真正的红袖添香!对于读书的男人来说,红袖添香是最大的幸福!

　　这位女子的诗歌让我悟出一个道理:人世间客观存在的一些误会或猜疑,如果皆以烂漫的诗心对待,不是会有另一番崭新的天地么?

　　烂漫诗心,不是烂漫童心,却与童心有着相通之处,它们都是善与美。因善而美,因善而宽容。烂漫诗心是一种极难修为的人生境界,阅历越深,难度越大。许多人总要从功利的角度去看待人情交往:这个人对我是否有利?他这样做有什么阴谋?与地位比自己低的人交往有何意思?……烂漫的诗心需要将与时渐长的机巧、世故、俗气等杂质统统过滤和消殆,只留下纯真朴质。身为北大副校长、国学大师的季羡林帮助学生看行李,他有着一颗烂漫的诗心;伟大的物理学家爱因斯坦,请12岁的小女孩到家里做客,一起吃甜饼、做数学题,他有着一颗烂漫的诗心……

　　当我们不再从名和利的角度去思索人际交往,当我们怀着美好的心去看待人间的情感,也就会有了烂漫的诗心。

思念是辩证的生活

有人说，孤独的寒夜喂给人两片苦涩的药丸，一片是失眠，一片是思念。

但其实，思念是一种生活的辩证，辩证的生活。思念是苦涩的美丽，幸福的忧伤，甜蜜的惆怅，温馨的痛苦！我们总会想起曾经的美好，这是美丽；而因为眼前无法企及，故心灵苦涩。

思念无处不在。思念是对昨日的缅怀，也是对未来的企盼。昨天在家乡的怀抱依偎家人，美好的景象历历在目；思念勾起的还有对回家的渴望，家乡现在怎样，家人身体可好，这一切无法亲历，因为电话中听到的可能是谎言，回家的念想格外强烈。

思念可以让你心情愉悦，也可以让你神情忧伤。曾经和某人走过美好的岁月，浪漫情怀，浅笑荡漾，思念中柔情似水。然而这一切已经过去，面对的可能是世俗的困扰，可能是心爱的人嫁接上他人的枝头，思念中伤感凄然。难怪有人说："在经年后感叹，那两个少年，一个惊艳了时光，一个温柔了岁月。"惊艳与温柔已经成为过往，现实中只有感叹的伤悲。

思念过去的美好，心中还有荣光与自豪，然而思念过去的人，总有现实的不如意。思念的人往往有多种举动：一种如祥林嫂念叨儿子阿毛一样，时时向人炫耀远逝的华美，到处向人感叹今不如昔，这种人是生活的"怨妇"；一种是在寂寥的晚上，或惆怅坐于一隅，或手捧热茶，或手撑腮帮，静静的想念，或浅笑倩兮，或珠泪轻垂，空气中流动温馨，时间里流动柔情，这个夜晚被一个孤独的背影点燃，又被泪水打湿而凝重。

思念别人是一种温情，是一种美丽的孤独。孤独成极致，孤独也显得分外美丽！被别人思念是一种幸福。当你成功时，有人告诉你她在远方为你鼓掌；当你遇到困难时，有人远方为你祈祷为你祝福，支持你、关注你……你会觉得没有月亮的夜晚却群星璀璨，没有太阳的白日却小雨多情，没有开花的树上却绿意浮动，没有帆船的江河却碧波荡漾……

思念是时间的，当日子分为昨日、今日和明日，思念就启程了；思念是空间的，当爱有了距离，思念就张开了翅膀。

思念让人痛苦地懂得了失去的可贵，明白了珍惜现在的拥有。因为思念，才有了对爱的刻骨铭心；因为思念，才自知了情感的纷扰中爱的失误；因为思念，才有了对过去的忏悔；因为思念，才会对未来认真对待；因为思念，失去的痛苦变得更加凄然；因为思念，重逢的喜悦变得更加热烈。思念，加深了生活的理解，加重了情感的分量。

思念就像秋日的风中一片金黄的落叶，萦绕着艳丽的惆怅，追忆远去的春天，期待着下一季的春风。

烟雨凄迷游越王山

与往年谷雨时节在会议室召开诗歌朗诵会不一样，今年的谷雨诗会颇有创意，我们将诗会开到了越王山顶，将诗歌的情怀投入到大自然的怀抱。

上午八点，满载四十多位文朋诗友的两辆巴士向澡下镇进发。进入山地，天下起了蒙蒙细雨，雨雾弥漫了天地。山地的公路狭窄曲折，许多转角只有七十来度，大巴士要在公路做锐角转弯并爬坡还真是不容易。车内有的文友心里惊怖，但窗外迷雾笼罩下的若隐若现的层层叠叠的梯田又让他们眼界大开，于是感叹："世之奇伟、瑰怪、非常之观，常在于险远。"细雨歇，云雾苍茫像一片片轻纱笼罩着高峻山岭，不时被风吹去，又迅速笼了上来。

下了车，数十人浩浩荡荡背上"干粮"，向越王山顶进发。越王山还没有开发，没有台阶让我们拾级而上。我们只能沿着自古踏出的原始山道而上。山道非常陡峻，几乎都是六十度以上的陡坡，而且因为下了雨，泥泞坑洼，每往上走一步，腿肚都要强撑起劲，久而久之，腿肚僵硬酸痛。路的两旁都是高大的树木，我们粗大的喘息声震落了树上的水滴，水滴如雨点一般淋落下来。越往上，云雾越浓，一块块的，好像可以用手抓起，给越王山增添了许多仙气。人在山中行，又似在天上飘腾，有"羽化登仙"之感。一位文友诗兴地说："抓一把越王山的雾，那就是一首诗。"

越王山的花比较单调，看见的只有杜鹃花，花色有艳红、粉红两种。杜鹃不是一丛丛的，而是一树树的。尽管杜鹃树寂寞地深藏山中，但是花开得张扬而热烈。我喜欢粉红的杜鹃，朵儿上挂满水珠，像娇艳羞答的少女，深情款款地走入我的相机镜头。

我迷恋越王山的竹。修颀的竹子展露翠绿的本性，竹林中缠绕着清幽的雾气，吸一口，沁人心脾。坐在条石上，偶尔响起的鸟鸣经过竹气的漂洗传入耳膜，声声清亮。竹子让人的心变得纯净清幽，忘却功利与世俗。我想起了古代"竹林七贤"，想起了"兰亭集会"，诗人的聚会总与竹子有着不解之缘。

山顶杉树高大笔直，云雾穿行其间，展露出原始次森林的幽谧，是佛家、道家静心参禅悟道的好处所。越王山顶有座宝莲院，只不过如今已是一片废墟，只有几块残石、几处坑洞和几汪泉眼在述说着历史的风云与沧桑。

练兵场平坦而宽阔，据说春秋战国时期，越王勾践灭吴后乘胜西进伐楚，在此处扎寨驻兵，这里的云气还会幻化成当年越王勾践驻兵旌旗的形状，人称"越岭云旗"。唐代李铎《越王诗》曰："高山曾有越兵栖，尚似云旗日夕飞。绝壁卷舒开锦乡，层霄闪烁拂琳玑。"但是如今这里到处是高大的灌木丛，一片苍茫，无法再让人浮想起当年恢弘雄阔的练兵场面，也不见传说中的"越岭云旗"。

我们从灌木丛中穿过，来到了一块大石头边，看到了著名的"跨虎登仙"石。据说吴彩鸾、文箫曾在这里双双跨虎成仙。在这里，我们围成一处，召开诗歌朗诵会。伴着轻微的松涛，我们释放激情，或豪迈，或抒情，尽情演绎诗歌的魅力。有几位女文友还亮出了嗓子，秀起了舞蹈，烟雨凄迷中的歌声与舞姿，令人想起天宫的瑶池盛会。

下山对我们又是一个巨大的考验。陡峭山径，天雨路滑，每一步都要小心。我们捡了根棍子拄着，探路下山。上山看上，欣赏花树；下山看下，注视地面。山道上时不时地会冒出几颗粗壮的竹笋。我看见有一棵竹笋，从一块岩石下长了出来，将岩石撑顶起来，石头的边缘还带有湿湿的泥土。生命力如此顽强，令人惊叹！

我坐在路旁，望着这棵竹笋发呆。忽然间，我想起了诗歌。当今的诗歌，在网络文学、通俗文学、快餐文学的围剿下，可以说是走入了低谷。许多当年盛极一时的诗歌刊物休刊了，诗歌成了报刊填空的"报屁股"，许多知名诗人放弃了歌唱生活。也许，只在每年的谷雨时分，人们才会想诗歌。我很是怀念二十世纪八九十年代的诗歌热潮，很是怀念那些曾经像明星一样闪耀在我们青少年时期心灵天空的汪国真、席慕容、舒婷等诗人们。虽说新旧更替是一种必然，但是源远流长数千年的诗歌艺术，绝不会像越王霸业的兴废一样。诗歌一定会像这棵路边的竹笋，挤破岩石的重压，长成修长丰美的竹子。

下得山，回望越王山，烟雨凄迷遮却了来时路。

明月我心

于丹说：一个人到一个地方游历，其实可分为三个层次：第一个层次是遇见一处风景，比这再高的层次是遇见一种生活方式，而最高的层次则是遇见一个全新的自己。

暑期的明月山之旅，我真切地感受到了于丹所说的三重境界。

明月

带着对人生幸福的追问，我登上明月山。今年是我的本命年，我曾对人说：人过三十六，万事且皆休。曾经有过的许多人生理想随着年轮的增长而渐行渐远，有关幸福的话题一次次地击打着我的心。家事的烦恼，工作的压力，理想的不遂等等，一直积压在我的心头，挥之不去。

很少有山峦能像明月山这样诗意地映照天上的明月。山上有个月亮湖，山下是个月亮湾，沿途都是月亮景，处处都有月亮情。走过明月广场，来到一片荷塘。正值炎炎夏日，荷塘微风吹过，荷花摇曳优美的身姿，淡雅清香萦绕，心凉爽几许。咏月碑林里，收集了历代咏月、颂月的诗歌，仿佛是一次穿越古今的赛诗大会，群贤毕至，少长咸集，手捧壶觞，秀口珠玑，而我，静心聆听了一场灵慧之心的天籁。我喜欢竹林，阳光透过竹枝漏下斑驳的影子，珊珊可爱。修颀的竹子展露翠绿的本性，竹林中缠绕着一股清幽之气，吸一口，沁人心脾。偶尔响起的鸟鸣经过竹气的漂洗传入耳膜，声声清亮。竹子让人的心变得纯净清幽，忘却功利与世俗。

晃月桥是一座悬索桥，人行桥上，景随桥晃。桥全长66.8米，桥上两边铁索环环相嵌，铁环5999个，这些数字都寄寓了美好的祝愿。登临抱月亭，已经很累，在亭中稍事休息，看山泉淙淙流过，听山风拂动竹梢，惬意而恬淡。走过"月下老人"，大家来到了浸月潭边。潭水清洌灵动。过了拜月坛，我们来到了山顶，来到了美丽的月亮湖，住进梦月山庄。月亮湖位于明月山山顶，海拔约一千五百三十米，水面面积广阔。梦月山庄倚湖而建。

晚上，一个人坐在湖边，静静地吹着山风，凉爽而熨帖。一弯皎洁的月亮挂在天空，倒映在深蓝色的湖水中，心宁静而淡然。在热闹喧嚣的城市里生活，每天为工作忙碌奔波，我很少看月亮。今夜我在海拔一千五百三十米的地方看月亮，第一次这么近距离地看月亮，我甚至闻到了月亮的呼吸。月亮是心灵的，李白曾"寄愁心于明月"，庄子一生捍卫心灵的月亮。而此刻的我，只是平静地看着湖中的月亮，想了很多事，又好像什么都没有想。站起身，我感觉身上很轻松。

遇见月亮。原来，登明月山我就是奔赴一场与月亮的约会。

我

仁者乐山，智者乐水。山是沉稳的，水是灵动的。在明月山，我体会到山与水的巧妙融合，感受了山水的情韵。明月山的山水融合处，彰显的是禅宗的人生智慧。

明月山主要由太平山、玉京山、老山、仰山等山峰组成，巍峨壮观，千姿百态，有的以绮丽著称，有的以雄秀见长，有的以险峰争奇，有的以幽静取胜。层峦叠嶂，怪石林立；山花吐艳，苍松傲然。文友子泽说："登山乃一种有我之境界，攀爬的过程辛苦异常，却能收获美丽的景致。"

明月山多飞瀑，"山中一夜雨，处处挂飞泉"，著名的有飞练瀑、玉龙瀑、鱼鳞瀑、玲珑瀑和云谷飞瀑。云谷飞瀑是明月山标志性的景点，落差达一百二十米，是江南第一高瀑。山顶长年处于云雾缭绕之中，瀑布之水如云层中泻出，落入潭底溅起无数的水花。清朝诗人江为龙写道："轻烟漠漠锁山腰，一道泉流玉屑飘。气吐白虹晴欲雨，瀑飞翠壁夜闻潮。终年匹练寒幽谷，尽日银河泻紫霄。我欲振衣千仞上，饱餐灵液涤尘嚣。"到了瀑布底部小潭，大家到潭边小坐一会儿，将双脚伸入水中，闭上眼睛，感受山泉带来的凉爽与静谧。子泽说："玩水乃一种无我之境界，足入水，水之清凉则入心。到底是我入水，还是水入我？这就如庄周梦蝶，物我两忘了。"

明月山历史悠久，我国佛教禅宗五派之一沩仰宗创始人慧寂禅师，就在仰山创建栖隐寺，该寺一千多年佛事活动绵延，沩仰宗风遍传天下，成为中国古代佛教丛林胜地。子泽与我谈起了沩仰宗诗禅：学人问沩山如何是道，沩山答"无心是道"，所谓无心就是心不粘滞外物，不被外物所缚，听任自然，毫不着意。"无心是道"，蕴含着丰厚的佛心禅韵诗情，也给我带来人生的顿悟。

行走在明月山的山水间，我遇见了一种新的生活方式，且从容。

心

我在明月山游目骋怀，心在葱翠中荡漾；我在竹影下静坐，心在竹风里淡定；我在飞瀑的水中濯足，心被清泉洗涤。

月亮如船，在我心灵的湖泊中轻轻划过；禅宗的精义，如山间的清风与泉水，再一次涤荡着我的心。心头忧郁的块垒，被飞瀑击碎流逝，剩下一片从容，一片祥和，一片宁静，就如静夜的那弯纯白的月亮。

走出明月山，来到了明月广场，我再一次见到云姑沐月的雕像。云姑，小名明月，从小家境贫寒。云姑不仅长得漂亮，而且心灵手巧。据说一位姓张的公公到宜春为皇上选美。他的马径直奔明月山而来。经过一座石桥时，马突然跪在桥上，张公公纳闷："莫非此地有皇娘？若真有，马儿快起来，长嘶三声。"话音刚落，马站了起来，仰天长嘶三声。这时，张公公发现河边放鸭子的美丽姑娘云姑，穿着补丁叠着补丁的衣裳，戴着又破又烂的斗笠。一番交谈，张公公见云姑机智伶俐，便将她选入宫中。后来云姑嫁给太子，成为正宫娘娘，封为成恭皇后。明月山因此得名。

还有一个传说。云姑有一天头部奇痒，一夜之间青丝尽落，接着满身生疮，遍寻郎中，怪疾依然如故。云姑上山打柴，忽闻异香，循着香味，她发现了一个幽邃的水潭，于是解衣跃入潭中，全身感到一股妙不可言的舒坦。云姑沐浴时，水潭上空腾起七色的彩虹，把水潭遮得严严实实。以后，云姑常来此沐浴，怪疾痊愈。后来人们把这水潭叫做"七彩溪"。

关于云姑的传说，还有很多很多，都是温暖而快乐的。无论是山因人闻名，还是人得山荫惠，云姑都是幸福的。皇后也曾是村姑，富贵也曾走过贫穷，无论怎样的日子，幸福的心态很重要。在山村贫苦的岁月，云姑没有奢望过皇宫雍华的生活，她只是把平凡的人生活得灿烂而精彩；登上皇后宝座，她不因母仪天下而肆意奢靡，而是将权贵的人生活得精致而平静。

周国平说过这样一段话："狂妄的人自称命运的主人，谦卑的人甘为命运的奴隶。除此之外还有一种人,他照看命运,但不强求;接受命运,但不胆怯。走运时,他会揶揄自己的好运;倒运时,他又会调侃自己的厄运。他不低估命运的力量,也不高估命运的价值。他只是做命运的朋友罢了。"在我看来,云姑就是一位和命运做朋友的人,她生活在禅宗文化的滥觞之地,虽然不入禅门,却已将禅宗的精髓化入生命的血脉中。云姑的人生际遇告诉了我,什么是幸福的人生。

毕淑敏说:幸福不与财富、声望、地位同步,只是你心灵的感觉。罗曼·罗兰说:幸福是一种灵魂的香味。我在,山在,泉在,明月在,还要怎样的世界?我对自己这样说。

游览明月山,我遇见了一个全新的自己,幸福的自己!

孤帆探美

　　海德格尔曾经说过：人当诗意地栖居在这片大地上。我认为，摄影，就是在写一本大地之书，摄影家在用镜头记录下大地上的生命图景。在摄影这条艺术长河中，我就是一片孤帆，以沉静的、孤独的、诗意的、思索的姿态记录着大地的时光，不懈地探寻着大地上的美丽。

　　邂逅摄影，是我一生中最温暖、最动情的际遇。与摄影的邂逅，绝非偶然。工作之余，我喜欢行走在山林田野间，行走在村落炊烟里，行走在乡村风俗中，对农民的生活很熟稔，对大地有着亲切的交流。可以说，是山水民俗的熏陶，催生了我与摄影的相逢。

　　我的骨子里是个好静的人。我向往着凝眸村落炊烟仰望朝霞暮霭的宁静岁月，对一棵树感怀，对一朵花微笑，对一汪清泉自语。独坐河畔，在流水中我望着自己的影子，想到了一个词——"孤帆"，也许正如梭罗对瓦尔登湖的情有独钟，我对宁静的思索、诗意的生活有了更深切的情怀。

　　艺术创作离不开孤独探寻。孤独地面对大地，感受岁月沧桑；孤独地面对社会，思索人性善美；孤独地面对心灵，探寻艺术表达。美由心生,美丽就是在心灵孤独而自由地探寻中获得。美之为美,离不开心灵的感悟。人看世界的角度,是多元的,比如一件事从正面看,可能乏善可陈;从旁面看,却是大美之物。正如从正面看孔雀开屏,美轮美奂;而从背面看,你看到的是它难看丑陋的屁股。

所以,一件事物在拍摄之前,选题角度非常重要,这是技术层面的东西。在接触摄影一段时间后,我进入了对摄影技术的不懈追寻。从拿起相机的那一刻起,至今已有十余载矣。十余年间,孜孜不倦翻阅各种摄影书籍,并深入实践;我也经常参加各种摄影讲座,习得了许多技巧。这些摄影技巧,让我的作品上了一个个台阶。

然而近两年来,我对摄影的认知到了一个新的层面,有了一番新的感悟。对于方法技巧类的东西,我反而放下了许多。我将目光聚集在了心灵的探寻上。我认为,摄影的最高境界乃在于心。我深刻的感悟到,一个摄影家如果重视色彩搭配、构图美雅等技巧,他们会忽略了许多身边的真和美;而如果他从心灵情感的角度出发进行创作,那么日常的生活中就会涌出许多动人的图景。正基于此,许多以前被我忽略的风景,又重新地来到了我的镜头前,比如医院里大病初愈的病人脸上的微笑,让我感受到了重生之喜乐。

艺术创作最后成了一场心灵之旅。一颗缺少悲悯情怀、温暖情愫的心,他创作的作品是缺少温度的。对着一窗孤灯,我能读出热烈的思念;对着初春树枝上的红头巾,我能感受春之生命律动。

丰盈心灵的方法,靠的是孤寂地探索。不喧哗,不讨论,默然无语,让时光慢下脚步,让生命的风帆在艺术的长河中静静漂泊,让心灵在风景的精魂中游走,让情感在民众日常生活中悲喜。摄影技巧可以重复,但是心灵思索无法复制,当你踩上的是别人的脚印,你记录的就只是风景,而不是你独特的艺术创作。

艺术家的创作，是很私人的事情，作品贴上的是个人风格的标签，刻下的是孤独走过的痕迹。

　　艺术长河景如画，孤帆一片自芳华；大地之书任漂泊，美由心生成一家。在光和影的河流中，一片孤帆远行，美丽自由心生！

乡村的诗篇

晨曦的脚步轻轻地在村子里转悠,惊动了公鸡的啼鸣。婆娘拨动锅碗瓢盆,一声声擦亮窗子。汉子吆喝几声,就喊醒了乡村的山山水水。太阳是个温暖的情人,酡红着脸,用光的手指温柔抚摸大地。

进城务工的汉子们,扯几缕阳光作披风骑车奔驰。水泥路像一条绵长的绸带,绕过桃花杏花杜鹃熏染的山坡,穿过泛着微腥气息的田野,轻盈地飘向各个村落。汉子们用双腿亲吻了泥土的芬芳,又用双手在城市的机器上,打磨生活的火花。

静默的大山敞开宽阔的胸膛,盛满鲜花盛满鸟鸣,盛满号子、口哨和采茶歌。树木扭扭身体甩落几滴露水,向新的年轮进发。谷种伸出芽儿紧握春风的手,毛竹拔节声声清脆,幸福的种子在泥土里茁壮成长。

蝉举着火热的情怀,高声吟唱浓情火热的岁月。瓜果喷吐成熟的清香,醉了大嫂媳妇盘摘的双手。碧蓝蓝的水库里,姑娘摇着小船剪开水的轻纱,饲料撒下鱼儿成群欢跃,大大的圈场排在湖岸,牛羊猪声声吟诵富裕的诗篇。

风轻轻摇荡着乡村的夜，月上柳梢萤火虫跳跃。小河如镰割开田野，月光泼给它一身闪光的鳞片，水草沉淀岁月如金。

秋风带着幽微的醇意，将桂花的香气泼满全身。收割机翻卷着金黄的稻穗，装满谷粒的袋子像模特般，以最优雅的姿态站立田野。

庭院树底下两个老农举杯对语，额头上的琴弦弹奏着笑声，弹奏着桂花飘香的日子。洁净的沼气灶喷吐蔚蓝的火焰，大娘沧桑的手儿熟练地翻炒生活。揩一把汗水，敞开心扉呼吸一口，人就醉倒在乡村的秋风里。

在落叶之后，雪花飘摇着优美舞姿款款而来，冬天用纯洁的色调扮美乡村，游子踏雪归来，大地上盖下了一个个深情的印章。

一壶酒不足以醉人，醉人的是乡音乘着翅膀在耳边飞翔。丰盛的菜肴热气氤氲，举起盈满甜蜜的酒杯，眼眶里闪烁幸福的泪花，淳朴的话语暖入心窝，微笑如花绽放在彼此的脸庞。

家家门口挂起了大红灯笼，鲜红、透亮，这是农家红红火火的日子，这是乡村幸福的红色诗篇。

历史的河边站着三个俊美的男子

历史的书页有三条河流，一条叫浊流，一条叫清流，一条叫奔流，河边浪漫地站着三个俊美的男子：

屈原

他博闻强志，娴于辞令；他革新沉疴，举贤授能。乌云雷电间，他像一只雄健的鸷鸟穿梭搏击，世道冥冥如暗夜，阴谋诡计陷害使长河浊浪翻滚，他在心田套种着百亩兰花和芍药，然后跌足踏碎诡谲牢槛孤啸江岸。屈原，一个极其孤愤的男子，一种居庙堂忧其君，处江湖忧其民的孤愤。他用激情的烈焰和芬芳的叹息抒写了家国的爱恋，最后他怀抱沉重的石块沉入江心，净化着浊流中每一个污秽的灵魂。

李白

他仗剑去国慷慨激扬，他饮酒花间醉月弄影。权贵的花园中，他像一只斑斓蝴蝶翻飞嬉戏。在一段清明的时期，尘世的污秽沉沦为水底的沙砾，他像一枝青莲摇曳着高贵的风姿，然后幸福地抱着酒坛散发弄扁舟。李白，一个极其洒脱的男子，一种达则兼济天下，穷则独善其身的洒脱，他用钟灵毓秀的文字装扮了半个盛唐，他喝尽人生最后一坛美酒，化作一捧清泉融入清流的血脉。

苏轼

他雄姿英发踏舟而来，他自若笑谈千古风流。乱石穿空里，他像一个关西大汉仰天高歌。新党旧党纷纷扰扰，大江惊涛拍岸搅拌仕途海雨天风，他像出入涛波的石盘陀，手挽今夕何夕的月影任平生一蓑烟雨。苏轼，一个极其豁达的男子，一种进思社稷黎民，退则心怀天下的豁达。他用"斯人独往来"的赤子之心看破乌台囹圄，一生坎坷沉浮里他一胸锦绣只为帝王家织万世雄文。

历史的河边浪漫地站着三个俊美的男子，三种忠诚的人生：浊流抱石，清流抱酒，奔流抱怀。他们闪光的人生里都镌刻了四个大字：心怀天下。

青蓝四载，弦歌廿年
——大学毕业二十周年聚会小记

一

这四天，我们手握一把把热情的阳光，烘晒前尘潮湿的心情。你温暖的话语，蒸发我目光里的水雾，鬓角的根根银丝，牵出那些放牧的青春。一句"你好"就把我，带到二十年前。

出发前的那天晚上，月色如镰，我们都想在这场聚会，收割一段青春的记忆。二十载坎坷欢歌背在肩上，卸下存放在师大的园中园。打开行囊，取出一串串漂泊沉浮的足迹，深深浅浅，如平平仄仄的诗行。

二

我一眼就认出了你们，尽管岁月太瘦，或太肥。而你们，就如二十年前的南昌8度，还是那个味，倒进杯中，回忆碎片泡沫般泛起，仰头灌下，心湖一片汪洋。探询的话语里伸出钩子，往事一件一件被钓起。

阔谈的话语随意轻松，如身上轻薄的汗衫，生活的波澜在微笑的酒窝里荡漾。唇舌间射出的甜蜜小箭，轻易地击中彼此的心。男士们喝到高兴处赤膊上阵，酒桌上没聊够的话题，移到房间里继续，泡一壶月光，茶香氤氲，直到凌晨。

三

校门口的少女塑像，年轻得如青蓝湖的碧波，每年迎接青涩的面孔，又目送青春的背影。师大母亲永葆青春活力，分娩着善良与博知。不再年轻的我们回家时，借着木芙蓉的娇艳，装点青春。

二教楼的时光一片片剥落，大理石台阶封存那些年匆匆踩过铃声的脚步。我们一遍遍擦拭桌椅，如抹去老旧照片上的灰尘。班长点名了，来了的都没逃课，逃课的都在生活的路上。认真听老师讲话，专注的眸子清澈得像个孩子。同学们一个个上台，倾诉人生的轨迹和别后的思念。我们被微笑一次次扑倒，又被一颗泪珠，淹没。

四

大礼堂的一首老歌，穿越时空来到耳畔。一个个音符旋扭成绳索，将我捆绑到青春的舞厅。后悔四年无故事的我，也曾做电灯泡照亮过一些故事。当年的舞步青涩，踩着女孩的脚尖，溅起一片嬉笑声。今天的舞步轻盈，怕踩疼了那些曼妙的回忆。

爽朗的笑声纷飞，轰炸夜色，青春的高地轻松占领，插上中年的旗帜，旗上是一片醉醺醺的红。手机拿出，按键，友情就咔咔地存下，内存永远不够用。同窗的情谊，比师大南路长太多。情网虽然织得细密，想将往事一网打尽，奈何聚会时光比胡须还短，无法阅尽彼此的生活。

五

象山公园再摆龙门阵，座谈会将午后茶喝光，再披一袭夜的轻纱上阵。山聊海侃国际风云，学者们书生意气指点江山，却被几滴夜露赶回旅店。扯几片灯光拈几粒花生，数一数当年艳遇几场，算一算别后风情几种。路透社消息宣布告罄，一晚时光不觉用完。

恩师的到来，让象山湖的水激起浪花，清癯的模样学者的风骨，烛照我们俗虚的心灵。用二十年的等待，来一次拥抱和握手。微笑抽空了思念，青春的风景就在眼前。他们空出四十岁的地盘，转给我们，谆谆告诫，人生四十再度起飞。热情敞开的心扉，像西瓜一样，鲜红。

六

别离的笙箫悄悄弹响，弦歌廿年，再响弦歌。我们紧紧地相拥，抱住沧桑侵蚀后的岁月轮回。握别的手掌不愿松开，如同青春不舍散场。目光中发出邀请，下一个十年，不见不散……

带着恩师的嘱咐，带着同学的祝福，发动汽车，缓缓开向，下一个十年之人生路……下一个十年，不见不散……

（注：我一九九六年毕业于江西师范大学中文系，师大校园青蓝湖的湖水时时荡漾于心间。二〇一六年暑假，本届中文系学子举办了"青蓝四载，弦歌廿年"二十周年主题聚会。前阶段地点在师大老校园，后半阶段地点在南昌象山森林公园。）

桃花恋歌

  我思考，则万物皆着我之色彩。品读自然就如同读书，各人心境不一，意趣迥异，其品读之感悟也就大相径庭。桃林深处，拾掇落红拈花吟思：曾经人面桃花相映红，多少如花美人摇曳在风流情韵里，今在何方……东风起，飘零花雨，心伤叹，渐渐走进千年文学史的一首凄怨的恋歌里。

江南沈园桃花落

  八百多年前，江南绍兴沈园，桃李芬芳，百花争妍。一代才子陆游带着对前妻的思念故地重游。真是造化弄人，他邂逅了已"嫁作他人妇"的前妻唐琬。故人相对，几多感慨，几多幽怨。他们曾经爱得是那样真挚、执着，山盟海誓似乎还在耳畔回响。可美丽的爱情就像易碎的玻璃，一个孝子的爱情就在母亲几句声色俱厉的言语中走向破灭。举杯对饮，"一怀愁绪，几年离索，错、错、错"，谁错了？是母亲？是陆游？还是唐琬？再追索已于事无补，剩下的只有"春如旧，人空瘦"。"桃花落，闲池阁"，当桃花落去，池阁已闭，这段凄美忧郁的爱情便渐渐隐入了南宋那首叫《钗头凤》的长短句中。

桃花薄命，扇底飘零

三月桃花时节，六朝佳丽之地，复社才子侯方域邂逅秦淮名妓李香君，上演了一场才子佳人的荡气回肠的爱情故事。时局动荡，家国飘摇，处在政治斗争漩涡中的侯方域不得不抛下佳人，远走他乡。李香君唯有对着侯君所赠之宫扇日日思念，以泪洗面。面对强权的威逼，她的心中只容纳着侯君的真情绵绵，不惜以死相拒，情人的宫扇溅上斑斑血迹，如一朵朵怒放的桃花。上天可悯，让有情人重逢，却又让他们在法师的点化下双双遁入空门。香君只是个弱女子，承受了太多的生命不可承受之重，她在战乱纷飞的年代里奔波，历史的风雨把她凋零成一朵乱世桃花，把这段真挚的爱情凋零成一朵乱世桃花。这正是："白骨青灰长艾萧，桃花扇底送南朝。不应重做兴亡梦，儿女浓情何处消。"

花落人亡两不知

"侬今葬花人笑痴，他年葬侬知是谁。"我敢说，林黛玉是滚滚红尘中千古伤情第一人。曾经，摆在这位"娇花照水，弱柳扶风"的美人面前的是一段艳丽的爱情。两情相悦，日日相对，这是人世间之大幸福。但历史的大观园中给她的却只有"风剑霜刀严相逼"，当咫尺成为天涯，心有灵犀难以比翼，当泪洒空枝见血痕，当春花落去红颜老，这又成了人间何等的大悲哀！她美丽的容颜如同药材一般，在历史浑浊的大观园里慢慢煎熬，慢慢消逝。"花谢花飞花满天，红消香断有谁怜。"《葬花吟》中，我听见了千红一哭，我听见了万艳同悲，仰望上苍，牛郎织女之间长长的天河里，盛了千古痴情女子多少辛酸的泪？

　　当我乘风而行走出历史，走出自然，我的手中还残留着桃花淡淡的馨香，我的眼角还残留着一滴未干的泪……

四季飞歌

春天接近泥土

终于是太阳，打开了大地这把锁。风里飘落冬日最后一叶枯黄的心事。少女推开窗棂，把红头巾挂上枝头。春天接近泥土，青草与泥泞作多情纠缠，田畴泛起微腥的气息，深深犁一口，丝雨和阳光一同饮下。

生活拔节。而静夜一池蛙鸣，让我听到了乡村热烈的心跳。

走进这道门槛，不必将昨日之日翻晒。泥土已经让我们看到了，生活的万紫千红。

夏日黄昏印象

西天的唇吻红稻浪里靠岸的山庄。母亲长发般的一缕晚炊袅袅升起。绯红色水泡莲徜徉水之央，野菊花一路烂漫开至家门。村童背挂草帽，骑牛牯而歌。小桥是根枯瘦的挑梢，静谛岁月流金。

成熟是一种金黄，在打磨的镰刀上思索，老人的须发中藏满童话，在熟稔的古柳下绽放。

摩托车停止了冒烟的嘶扯，青年敞开衣袖神情专注，看绛色的芒，饮——血——长——河。

秋天，怀念一个飘远的爱人

风随便一转向，秋凉就吹进我双眸。是我的心太忧伤，还是秋本就脱不了古人的窠臼，倚一支横笛，我怀念一个飘远的爱人。鸣蝉苍凉了往日的温度，青草在一夜间放弃了对青春的坚守。我看见一片叶子，翻飞到远方。我的爱人啊，你嫁接上了谁的枝头！

季节不是风的错，假如生命里无秋，我知道夏日的一颗露珠，定会结成冬的冰凌。

我的爱人，你走出了我的春夏，我的步履已经酸涩得，穿不过秋的森林。雁南飞，我知道季节有自己的心事要流淌。我正在趟一条沧桑的河。

冬的守夜人

是谁说过，雪洗尽了世间一年的尘埃，冬打扫了诗人心中久藏的阴霾。

当心历尽了沧桑后，我对自己说，不要反顾，身后只写着年华与倒影，前面还有一条很长的路。路与荆棘之间，我辛苦跋涉；城市与城市之间，我忙碌穿梭；在季节与季节之间，我无法选择。一片老鸦的聒叫声里，山远了，川瘦了，一树寒枝刺向苍穹。在林间厚厚的腐叶之下，我找不到繁华的背影。

　　冬注定是来了。冰凌注定是来了。草子在土里睡了。动物们睡了。感情在失落的心里睡了。我没有睡，燃一窗孤灯，我是冬的守夜人，也许，新春的第一颗芽苞，就在我的眸子里萌发。

　　是的，曾经我对自己说，雪洗尽了世间一年的尘埃，冬打扫了诗人心中久藏的阴霾。

我的城，淡如轻烟

蓝天，白云，绿水绕青山。静谧小巷，滴水瓦檐。碧绿的苔藓，密布岁月的老墙；斑驳的石板路，镌刻时光的履痕。脚步轻盈，踩疼了少女清脆的笑声。高跟鞋敲击石板的清音，跳跃在心。

高高的电梯楼，像稀疏的竹竿；排排的小楼，如丛丛的灌木。那绕来绕去的街道啊，好似宽宽的带子。一些外出的游子，好像樵夫一般，用这带子将竹竿绑了，灌木捆了，挑在肩上走向他乡。

清纯、静谧以及它的梦，还有它的从容、淡泊，几分可人的慵懒，久久徘徊在我的心里，就如天光云影，倒映在澄碧幽静的潦河，缓缓飘进深深的水心。月色锁潦水，清波漾霓虹。凉水濯足，九天阁吹风，就像走在《论语》的文字上。

小小的夜城敞开真诚的胸怀，让举盏轻言的人抖落，积累的疲惫和仆仆的风尘。小城静静地安放着，我甜甜的睡眠。清晨，我在华林寺带着露珠贴着潦河水面飞来的晨钟里醒来。街道上那些懒洋洋行走的车辆，晒着鲜润的日头；质朴憨厚的张张笑脸，漫步在柔软的乡音里。

五梅山涉足成趣，鸟声如水一波一波荡漾。欲滴的绿色和清香的花儿，清洗蒙尘的双眸和胸肺。萝卜潭的欢声笑语，似披着迷离梦衣的缥缈远山。越王山上不再有王，云旗被雾霭紧锁，抓一把山顶的雾，你就写了首休闲的诗。

如百丈寺宁静的禅修，如华林薪火千年传扬，奉新带着一颗出世的心，退守竹篱松菊，栽云种月耕读文香。一日不作一日不休，怀海禅师的天下清规镌刻在心上；华林书院的朗朗书声，是学子的轻音乐。清水洗过般的晨天，畅快新鲜的呼吸。九仙四季流淌的温泉，温暖地洗去耕作的劳累。月光横锁应星故里的静夜，牵引恬淡握卷的心灵。宋应星从明朝望过来，拈须颔首，启唇浅笑：两件要事，读书耕田。

有的城，适合放置物质；我的城，它适合放置心灵。有的城，为了物质放弃理想；我的城，为了理想放弃物质。我的城，奉新！"这话俗了，太直白！"你说我的字醉得一塌糊涂，我笑笑说，你的心醉得东倒西歪。

很多人在一个个雷同的物质世界里沉浮。奉新这座淡如轻烟的小城，寄放着我的灵魂与梦幻。谁的唇在轻轻地吟哦：奉新！奉新！

注：文中潦河、九天阁、华林寺、五梅山、九仙温泉、越王山、萝卜潭、百丈寺、华林书院等，为奉新风景名胜；怀海禅师、宋应星为奉新著名历史人物。

白鹭是首精美的诗

奉新素有"仙源灵境"之称，这里气候温暖湿润，森林覆盖率高，山环水抱，生态秀丽。潦河水域水质优良的河滩和茂密葱绿的松林，成为白鹭繁衍生息的天堂。白鹭或成群栖息在密林筑巢垒窝、结缘育后，或成双成对在河滩中觅食戏耍，或振翅飞翔在蓝天。

青松之巅　深情恋歌

"青山耸翠栖白鹭，松涛阵阵隐恋歌。"奉新钟灵毓秀，素有"仙源灵境"之美称，气候温暖湿润，森林茂密幽深，山环水抱，生态秀丽，成为白鹭繁衍生息的天堂。白鹭成群栖息在密林筑巢垒窝、孕育后代，诠释舐犊情深；或成双在树顶腾跃嬉戏，比翼双飞，共唱款款恋歌。娴静时如娇花照水，飞跃时似仙袂飘举。青山和白鹭相对照，沉稳与灵动相辉映，松涛与清鸣相应和。白鹭，这个自然的精灵，将闲适清雅的情怀，肆意泼洒在清澄空灵、和谐宁静的天地之间。

水上探戈　曼妙舞者

"春风荡漾潦水面，白鹭轻舞影翩跹。"潦河是奉新的母亲河，源远流长，映带群山。潦河里的白鹭，就是一首首精美的诗，它们以澄碧的潦水为诗笺，用华丽的舞姿书写着清丽温雅的诗行。悠悠碧水，细卷白浪，白鹭徜徉其间迎风而舞。它们提足缓行，翩翩起舞，交织旋转，伴着生动的浪花之声，一曲探戈舞在水面生动地演绎。雪白柔绵的双翅张举，飘逸而灵动；修长高挑的双腿轻迈，优雅而矜持；灵敏优柔的脖颈轻摇，闲适高洁。灵动的水衬托了白鹭曼舞的倩影，素洁的白鹭更增添了水的诗情和韵味。优雅与激情糅合，含蓄与张扬相融，它们是灵魂的舞者，无忧无虑，安于清静，乐于自然。

激情戏斗　自然精灵

"白羽亮翅斗秋水，闲情挥洒志凌云。"白鹭嬉戏姿态万千，让人领略了千姿百态的人生。明媚的阳光下，白鹭在水中玩耍戏斗，生机盎然。它们比翼齐飞，互不谦让，呈现王者争锋的气势；它们相互追逐，雷霆万钧，大有似勇者逐鹿的风采；它们举足互斗，伸喙对啄，满怀英雄非我谁属的斗志。有的白鹭如初生牛犊，奋勇出击；有的如武林高手，从容相迎。大河或荡漾圈圈涟漪，或激荡雪白浪花，似在为英雄的奋争而喝彩。然而，当戏斗停止，它们又曲颈互歌，安详自若，感情依旧。

追寻觅食　绚烂年华

"雪衣雪发青玉嘴，群捕鱼儿水影里。"白鹭捕鱼是一篇生动的散文。生命如大河，没有艰辛的追寻、觅食，就没有收获的欢愉。它们寂然立于河滩水面，不懈地追寻；它们将巨喙扎进水里，寂然无声，顷刻便衔出一条锦鳞；它们发现目标，飞奔河面，划过道道涟漪；它们挥舞双翅，激起阵阵水浪，诠释着奋斗的力量。翻卷的白浪是它们劳动时激情的背景，衬托出他们挥洒飘逸的倩影：静，静如处子；动，动如脱兔。当满载收获而归，它们又悄然立于礁石，清闲悠然。

　　白鹭是一首诗，是一幅画，是一种壮观，是一段绚烂的年华。

游竹山洞记

是日，天朗气清，惠风轻抚，阳光似瀑，秋日风情若恬淡之诗。敏剑县长邀市作家赴万载观光做客，欧阳主席领众欣然前往，一路欢声笑语。车穿越万里田畴，蜿蜒而上山峦，至一平旷处停。步行过石桥，桥栏漫布岁月苔痕，桥下水碧清冽。遥望一黝黑洞口，半月形，其上小篆阴文崖刻三字——"竹山洞"，有泉清泠而出。

漫山皆竹也，藤萝倒悬，竹山洞乃以此名之也。洞深邃迤逦，为喀斯特地貌。导游曰："洞奇、水秀、石怪、色艳，为其特色。"明诗人张鳌于《暮春游竹山洞》中赞曰："怪石层岩护竹山，洞门虚敞几重关。"

入得洞内，凉气四侵，瘦水贯穿全洞，水畔修葺平整石径，宜游人漫步观赏。入洞数十步，有 铁钟，锈迹斑驳，褐绿杂间，其上为文犹可识，为清道光二十二年制。抬头见洞顶刻字"感应潜心"，此语撼心，有道家况味于其中，盖乃感应自然潜心修行之意也。

行至一拱形小桥，回望，洞口精光呈鲜明心形图案，此乃半月形洞口与水中倒影浑然而成之，叹为观止。乃思"感应潜心"四字，中有所悟。尘世烟火，乃一场浩大修行，静心始有得。大道无言，大块往往隐秘启悟众生。

石径漫步，处处怪石嶙峋，峥嵘皆若有所状。开发者以彩光造景，色彩斑斓，令其状赫显。钟乳石状态万千，重岩错层，累叠交加，处处为景，件件可赏，无一处重复，无一块平坦，或"凤冠"悬浮，或"倒挂莲花"，或"牛头"饮水，或"擎天一柱"，不一而足。其一处，若田畴数十亩，水泠然灌溉而下至清溪，自然之工，奇矣，若非昭示吾侪耕田读月乎？更有一处，两块数十丈巨石左右欹侧，若一整石从中劈开，开发者匠心独运，于此处配以声光，造出"开天辟地"之恢宏之效，为之震撼。

洞顶高低不一，或数十丈，或数米。奇异钟乳石倒悬，诡谲棋布。其一处甚为精妙，仰望若巨蟒腾空，蜿蜒曲扭。盖因钟乳石高低不一，犬牙交错，空隙处为漆黑之色，漆黑色若曲扭蛇状；整体洞顶为灰色，似名家巨擘于灰色宣纸翰墨挥洒，绘制"巨蟒腾空"之鸿篇巨著。

洞壁有水悄渗，滴漏而下。行一钟乳前，以手拂之，微黏。钟乳色白，层层叠加，年月深久则灰。此偌大一洞，诸多巨型钟乳奇石，真不知历多少世而成之也。虽造化之功，然非日积月累亦无成矣。吾辈书家，若逐蝇头之利，若沉湎红尘俗世，不潜心书海，不累日月之功，亦难有成也！

一路斗折而行，溯流水而前。洞因水而流，水因洞而秀，一水逶迤，其源头无所踪。水碧莹清洌，底部砂砾历历可见；凉冰寒骨，表若止水，实则流不休。洞中静寂，隔绝红尘杂响，唯流水淙淙之音入耳，漫过心头，洗却漫布之尘埃，真乃：迎眸洗眼尘，隔胸荡心滓。一路前行，一路洗尘。人生长路，时蒙心翳，当随时洗濯，赤子初心行走。

洞外，艳阳沐暖周身，浑体通透，清爽怡然，款步轻盈。吾等走进尘世，携一恬静之心轻快修行。

第四辑　岁月品悟

牛

现在到农村很少看到牛了，牛渐渐成了一个不远的回忆。

关于牛的童年回忆是与农村火热的双抢连在一起的。夏日的清晨，父母下田去了，我牵出家中的那头大水牯到田野间去放牧。辽阔的田野，除了抢收抢种的人们，随处可见的就是放牧的孩子和牛群。田埂长满了带露的青草，我牵着牛绳走在前面，提防着牛偷吃别人的庄稼。露水打湿了鞋子和裤脚，感觉清凉和惬意。我隔着稻田大声地和小伙伴们聊着有趣的话题，湿润的空气中飞跃着欢声笑语。午后的暑气稍降，孩子们便迫不及待地赶着牛儿上河堤，任牛儿在河堤懒散地啃着青草。孩子们已经扎进了小河里，打水仗，摊在河水中晒太阳，将一天的汗渍全部洗去。洗完澡后，我坐在沙滩上，望着牛儿想：牛儿每天在蓝天白云间，在青山绿水旁悠游自在地啃食青草，要是我能变成一头牛该多好。

少年的我要和父母下田劳作，放牧的任务交给了妹妹。我的体力不好，干农活不像同龄孩子那样在行；我很怕累，每天顶着烈日面朝黄土背朝天，受不了。父母也并没教我耕作的技术，只是要求我帮衬着割稻插秧。后来有一回，父亲要忙其它的事情，把打辘耖的任务交给了我。打辘耖就是把收割完的稻田碾碎成稀泥田，便于插秧。这个活没有技术含量，只要求人站在辘耖上，让牛儿拉着辘耖走。我第一次站在牛的身后，观察牛儿怎样负重。在水田中，牛迈着沉重的步子，拉着辘耖上的我跋涉着，身上不时地挨着鞭子，牛鼻子不时地要忍受绳子刺磨的痛苦。休息的间隙，听着牛深重的喘息声，望着牛鼻子里和牛口里流下的涎水，我真正体味到了牛的辛苦与疲惫，我不想变成牛了。

到了高中，我大部分时间都在学校，很少回家。农闲时节，我放假回家拿生活费。家中铁将军把门。中午，父母赶着牛车回来了，车上满载着柴火。牛深重的喘息，牛鼻子和口里流下的涎水，又一次让我的心触痛了。和父母一同搬柴火下车，我看到父亲的手上有一道长长的刀口，刀口上用嚼碎的树叶和黄泥胡乱地敷着，还有血丝渗出，不消说，这是不小心被柴刀砍到的。而母亲的脸上，也被荆棘划破了好几道口子。我抱了一捆干草丢在地上，任牛咀嚼。在潮湿的目光中，我看见牛背上有几条鞭痕，鞭痕处站着几只大大的苍蝇。

后来，农村推行了机械化耕作，抛秧、小型收割机解放了农民的劳力，铁牛代替了牛，村子里一头牛都没有了。然而每次我回到老家，村子里还是看不到什么人，许多人都到城里做工去了。匆匆赶回家吃中饭的父亲，在饭桌上和我聊了几句后，又匆忙地赶去做工了。我笑着说："爸爸，你现在年纪大了，反而比以前更忙了。"父亲憨厚地笑笑，就走了。母亲说："农村人啊，就像牛一样，闲不住。这生活啊，实诚！"

我和妻子工作都比较忙，无法照顾孩子，母亲又不肯来城里居住。我对母亲说："你到城里住，父亲在城里做工，正好到我家吃饭。"母亲说："那鸡、鸭、猪也放到你家养？菜也放到你家种？"幸亏，我的老家距离城里不远，每天早上，母亲很早就从乡下骑自行车赶到我家带孩子，我们下班后，母亲又骑车匆匆赶回乡下去做饭，喂鸡鸭和猪。后来，我的儿子上了幼儿园，母亲才喘了口粗气。那几年，父母头上的头发飞速地变白。然而，父亲母亲并不能停下，因为我的妹妹弟弟的孩子们也相继出世了。

　　如今的我，奔走在单位与家庭之间，奔走在书本与文字之间，时不时有一种负重感与疲倦感，头上渐渐有了白发。每当夜深，我伸伸懒腰，眼前依稀会出现一头牛，喘着粗气，鼻里口中流着涎水，啃食着地上的干草……我想起了母亲说的话："这生活啊，实诚！"，于是我又继续忙碌。

　　我也知道，在牛的心里藏有一幅美丽的画面：蓝天白云间，青山绿水旁，悠游自在地啃食一片丰饶的青草……

怀念老溪

彼德·斯廷哈特说："几乎每个人的往事中都有一条溪涧，在青春年少时如知交挚友般的流水清溪。"曾经，一条绕过村子周围流向广阔田野的小溪，让我的童年活色生香。

村民不太会起名字，孩子的名字都是阿猫阿狗胡乱叫着，那些山地河溪的名字就更是随意了。比如我的那条童年小溪，村民们就叫它为"老溪"。我无法考证老溪的年龄，但是今天老溪已经不存在了，它死了，埋葬它的除了泥土，还有砖墙石块。今天，在乡村的土地上，我童年的许多美好事物都成了遥远的回忆。

老溪的直接源头是村子里的三口水塘，而水塘并非死水，是由宽深的南潦水渠中的水注入。老溪的水流经田野，中途又有几条小小溪水注入。为了灌溉，田野间的小溪如网状分布，大都相通，如人体内的血管，维持着田野的机体活力。

老溪并没有老年时光，因为它是忽然被埋葬猝死的。只有壮年期的老溪曾经活力四射地流过了几代人的记忆。

老溪不宽,水也不急,绕过村子后蜿蜒在田野间,它缓缓地踱着步子,看护着庄稼。老溪两岸是瘦而结实的田埂,上面长满了丰饶的水草;水底多是泥土,也有沙砾;水不算清澈,却适合生长鱼虾。

我喜欢到老溪中抓鱼捞虾。两岸的水草里藏着许多虾,浑身透明的,尤其多的是一种形体大小如米粒般的虾,我们称之为米虾,味道很鲜美。站在水里,任清凉的溪水流过小腿肚,我将细纱网伸进水里,捞起一网兜水草,然后将水草拨去,一大把活蹦乱跳的米虾就进了鱼篓,捞一上午,米虾就可以装满鱼篓。遇上枯水季节或南潦水渠关闸时间,老溪水几乎断流。我就在老溪里,用泥巴和草皮垒起两座"墙",围住一块水域,然后将里面的水舀干。水干后,鱼虾就束手待擒了。抓完鱼虾后,还要用双手将泥巴翻一遍,把潜伏的泥鳅抓出来。这个收获是丰厚的。

其实,每次去抓鱼捞虾,收获多少是无所谓的。如果抓得多,母亲就会送一些给邻居啊,或叔叔伯伯啊。鱼虾拿回家后,妈妈怎么处理我是不去管的,因为我享受的是老溪被我折腾的那段快乐时光。

长大后,我常常站在岸上看着年幼的弟弟在老溪里折腾。有一回,弟弟在老溪中被农药瓶的玻璃碎片扎破了脚板,哭了很久。后来,听弟弟说老溪越来越脏了,水里经常漂着被丢弃的衣裤、塑料袋,还有死猪仔、死老鼠的尸体,都发臭生蛆了,恶心死了。弟弟还说,有人拿农药泼到老溪里去药鱼,药死的鱼儿自己不吃,拿到街市上去卖。童年的弟弟不再到老溪里抓鱼虾了。

老溪的归宿是个十亩见方的湖,名叫下嘏湖。下嘏是一片耕地,下嘏湖就像一只大大的眼睛,注视着这片田地。湖中长满了野生莲花和菱角,给了孩子许多快乐,这也是村民劳作生活中的一个浪漫。忽然有一天,村民在下嘏湖的边缘水浅处围了几块区域,改作了耕地。想想我不由一声苦笑:村民真是爱惜耕地啊!

近几年,老家的面貌一年一变样。村庄渐渐向周围的耕地扩张,框架拉大了一倍。村子周围有许多两三层的小楼拔地而起，外墙贴了瓷砖，很是气派。走进村子中心，却是一片破败景象，倾颓的老屋荒凉冷清，周围长满半人高的荒草，颓圮的泥墙横在大地述说岁月沧桑，空气中飘散着粪便的气味。

村旁的老溪连同一大片耕地被埋掉了，上面建了几栋房子。没有了池塘水的注入，临近的一段老溪也干涸了，里面满是碎纸屑、烂纸箱、塑料袋、烟头、烂菜叶、破衣裤等，散发着腐臭的味道。也不知道附近的村民怎么能忍受。

下塅湖已经全然消失了，全部被改作了耕地，老溪失去了最后的归宿。想想老溪真是悲哀，它就像一条蛇一样，被砍去了头和尾。老溪的中段很悲哀，有的部分被填作了耕地，有的部分成了臭水沟，里面丢满了农药瓶、塑料袋和腐败的禾草。老溪被村民丢弃了，被丢弃的还有一段湿漉漉的情感。

国家拨了巨款，在田野间修建了数条笔直宽阔的灌溉水渠，水底和两岸都是钢筋水泥浇筑。也许这就是新老更替吧！

我心底许多关于乡村生活的美丽记忆，正在渐渐地被钢筋水泥封存。

初入大学有点涩

转眼间，大学毕业已经十多年了，蓦然回首，许多往事仍历历在目，心中时不时会发出"桃李春风一杯酒，江湖夜雨十年灯"的感慨。我的学生对大学有很多憧憬，经常缠着我讲读大学时的情况。我说："十多年了，现在的大学校园与我们那个时候不一样了，我的大学往事与你们听说的或憧憬的就更不一样了。"他们一定要我说。于是我讲了初入大学的三件小事，学生们听后唏嘘不已，有些人不相信。我对他们说，那是真实的生活。

第一次穿皮鞋

我是一个农村的孩子，家境不太好，一直到高中毕业我也没有穿过皮鞋。就是进入了大学校门，我穿的仍是那种几块钱一双的白球鞋。还好，一个月的军训期间，大家好像不太在意脚上穿的是什么。

正式上课了，我发现大家脚上几乎都穿了皮鞋，我感到有点窘，于是咬咬牙，到摊子上花了十五元钱买了一双皮鞋。同学问我花了多少钱，我虚报了很多。同学说我买了一双假皮鞋，是人造革的。我脸红脖子粗地和他们争论了一番。

其实我心里也知道，这肯定是一双假皮鞋。大家不再讨论皮鞋的真假了，反正我也穿上了皮鞋。于是乎，晴天也穿，雨天也穿，这双假皮鞋几乎就没有换过。

一个月后，糗事来了。那是十一月的一天吧，天下了点雨，有些冷。我和几个同学有说有笑地到师大第二教学大楼去上课，前前后后都是同学，男男女女。忽然我感觉左脚脚跟有点凉，怎么回事？原来左脚的皮鞋后部鞋底脱胶了，一提脚，袜子就露出来。我听到了后面有女同学的笑声，当时脸红得不得了。还好，前面的一小部分鞋底没有脱落。于是我就慢慢地拖着皮鞋走，走进了教学楼后，坐在位子上我几乎没有下过位子，连厕所也没有上。

二、第一次穿西装

宿舍的同学喜欢集体到南昌的万寿宫批发衣服，那样便宜点。那次，我们各自花了八十元钱，每人买了一套西服。

我个子矮小，本来应该买七十二码的西服，但是当时那种款式的西服七十二码的已经断货了，于是我就买了七十四码的。试穿的时候，同学都说我的大了，不合身。我说没有关系，将就点穿吧。

回到学校我就后悔了。西服真的大了，我经常站在宿舍的穿衣镜前看自己，感叹着穿着西服，我比以前更矮了。这时我才发现，原来世界上有很多事情是不能将就的。

穿在身上，我总有种不舒服的感觉，可是毕竟花了八十元钱啊，又不舍得束之高阁！后来我找了一家缝纫店，请师傅帮我裁短来。师傅告诚我说："裁短了后不好看的。"我说不要紧，试一下。

当我穿上裁短的西服后，我更后悔了。西服真的很难看了，已经没法穿了，这下就连送人都没有人要了。

第一次吃龙虾

大一下学期，父亲到学校来看我。我们爷俩商量着到饭馆里吃一顿。

师大里面有几家中档餐馆。我们找了一个餐馆，点了几个菜。毕竟是大学校园里的餐馆，起的菜名都很有艺术性，其中两个菜我印象特别深：一个是"青龙过海"，我们看着便宜就点了，端上来一看，我们都笑了，原来是青菜肉丝汤；还有一个是"红脸英雄会"，是一盘小龙虾。

我们爷俩这还是第一次吃龙虾，真不知道怎么个吃法。特别是旁边放的一个小酱碟，我们不知道那是干什么用的。

爸爸说："龙虾和河虾一样的吃法。"于是我们就各自夹起一个龙虾，放进嘴里，"嘎吱嘎吱"地咬起来。爸爸说："这龙虾也没有多好吃，味道太淡了。"我也是一样的看法，好像没有放盐巴。当然龙虾营养丰富，不一会儿我们就吃了一大半。旁座的人望着我们的吃法，掩嘴而笑。

后来，旁座的龙虾也上来。我俩看着他们吃龙虾的方法，顿时惊呆了！人家吃龙虾的姿态真是优雅，先把龙虾的壳剥了，再把龙虾肉放进小蝶里蘸蘸酱，然后再放进嘴里。

我们终于明白了，原来龙虾是要剥了壳再吃的。

这就是一个家境贫寒的农村孩子第一次进入现代化大都市的真实生活，现在的高中生甚至是大学生们都不一定能够体会和理解。初入大学的滋味，有点涩。虽说有点涩，但是大学四年我们都是很充实地走过的。现在的学生物质上的贫寒是很少有了，但是我真的很怕精神上的贫寒会侵蚀笼罩这一代……

春风一夜吹乡梦

朋友雨华大学毕业后到北京工作,父母作古后,就再没有回过家乡,至今已整整十年。每次电话或网络聊天,他总是向我倾诉思乡之愁苦。

离别家乡的岁月越长,游子心上离家乡的脚步就越近。雨华这次到深圳出差回京,乘着春风回到了家乡。雨华充满诗意地说:"春风一夜吹乡梦,我逐春风到故乡!"

下午,我劝雨华休息一下,可雨华执意要去逛逛县城。他说十年思乡之苦已让心空虚成洞,要早点用乡情乡音填满。

平坦宽阔的街道人流如潮,两旁店铺林立,店内人头攒动,一片繁华景象。雨华的眼睛快速流转,似乎要把县城的每一座房屋,每一张笑脸都烙印在心里,又似乎在搜寻自己曾在这块生他养他的故土上留下的足迹。远处传来了歌声,雨华也跟着轻轻哼唱,像个孩子。在故乡的土地上,我们都是长不大的孩子。

不知不觉来到了他曾经居住的地方,这里现在已变成一个靓丽的住宅小区。鳞次栉比的楼房涂着清爽淡雅的墙漆,清净幽雅的环境装点着绿树亭阁，典雅而人文。我们还看了好几处小区，雨华抒情地说，这些小区就是一个个青春少女，展示着最动人最娇美的容颜。

华灯初上，在商业步行街，抬头便撞见流光溢彩的广告牌和霓虹灯，到处是新潮的衣着和神采飞扬的表情。整洁漂亮的人行道，两旁气派的欧式建筑，精美雅致的休闲设施，还有专卖店里的高档商品，连锁店中的精美快餐，都让雨华觉得仿佛身置都市。如果说步行街位于县城的心脏，那么它跳动的是与时代同步、时尚新潮的音律。

美轮美奂的沿河两路，处处是信步或健身或闲谈的人们，人们将一天的疲惫释放在美丽的夜景和潦水的轻风中。天空月半轮，微风徐徐吹拂，音乐轻轻飘扬，霓虹五彩缤纷倒映在潦水，人们欢声笑语荡漾在耳旁，心底不由漾起一曲欢快的旋律：沿河两路就是两条天使的彩练飘拂在潦水岸边。

雨华在凝视着城南高大的建筑和闪烁的霓虹。我对他说："那边是县城新区，现在的县城是'一河两岸，三桥四区'了。"雨华感叹着说："县城的天地变宽了，我的想像跟不上了家乡的发展速度。"

第二天，雨华早早起来，他要去探望在乡下的舅舅，那个村子离县城三十里地。

一路上，田野里翻耕泥土的微腥和油菜花的香味迎面扑来，令人迷醉。平坦的水泥路像平铺在田野的绸带，轻盈飘向各个村落。我和雨华谈起了政府的富农政策、新农村建设以及新型的农业产业。

村口，雨华的舅舅早已等在那里。顺着水泥路，我们慢慢进入村子。水泥路两边是整洁的烧砖双层平顶房，房前屋后都种上了各色的花和树，空气清新。雨华说，记得小时候来舅舅家，村里村外都是坑洼的泥巴路，猪狗满村跑，老远就闻到一股牲畜的粪便味，现在完全变样了。他舅舅笑着说："现在老百姓的生活好了，都是红红火火的。"

雨华舅舅家门口挂着两串火红的辣椒，像是富裕后的乡村举着的火炬。雨华和舅舅家人一番寒暄，然后就要去帮舅母烧火。舅母说，不用烧火的，现在用的是沼气灶。

一桌丰盛的菜肴，每人面前摆着满满一大瓷碗自酿的米酒，清冽醇厚。雨华举杯，仰头咕咚一口喝下，我知道，雨华急切喝下的是对故乡水米苦思十载的真纯情愫。放下酒杯，雨华话未出口，泪先流了下来，是欣慰，是高兴……

从乡下回来，雨华毫不疲倦。我们坐公交车去冯田工业开发区。到了城南，车上远远望去，工业区一排排崭新的厂房，就如大海层层推远的波浪。我介绍说，近些年来，县委政府大力开展招商引资，各地的客商纷纷来投资办厂，冯田开发区现在已是省十大工业园区之一。正值下班时分，一群群年轻的姑娘小伙出厂回家，景象颇为壮观，他们多是本县农村青年，也有很多是来自偏远地区的，甚至外省的青年。

夕阳轻吻大地，给工业区批上一层金黄的色彩。以前这儿是一片荒凉的山冈，一块只能生长几棵老头松的贫瘠的土地。如今这片火红的土地，就像矫健的雄鹰，张举着翱翔蓝天的翅膀；就像娇艳的鲜花，绽放着奔向小康的梦想！

时间，在回到故乡的游子心中流淌的是那么匆忙。临走时，雨华对我说："两天的时间，我只是把家乡看了个大概，下次我要请个长长的假，来好好亲亲家乡的土地，好好听听家乡热烈的心跳。"

创作需要一个宽松的心境

　　曾经有一写手朋友通过 QQ 向我诉苦：近日我发生了稿荒，半个月下来一篇文章都没写出来。我问为什么会这样？他说年关将尽，现在单位已经着手整理总结材料，虽说还未到加班的地步，白天可是难得空闲，晚上回家就坐在电脑前，可头脑里一片空白，键盘总也敲不下去。

　　朋友坐办公室，平日里很悠闲的，看看报，上上网，聊聊天，少有事做。双休日就到外面去钓钓鱼，或做短途旅游。他文思敏捷，一篇千把字的文章往往是一挥而就，可以说是个高产写手了，每年有两百多篇稿件见诸报刊。我对他佩服得五体投地。

　　我说别烦躁，慢慢来，文章可是急不出来的。他说不急不行啊，还有两家杂志社在等我的稿件呢。我说我也不知道怎么劝你。他说那你平时怎样去引导写不出作文的学生。我笑了笑说，对待不交作文的学生，我就死催，有时还骂。朋友问结果怎样。我说结果他交作文了，但是写得不好啊！朋友笑了……

　　是啊！朋友的问话倒是点醒了我，以前我总是把不交作文的同学简单地归纳为态度不端正，懒惰。现在看来，我的看法有失偏颇，因为在不及时交作文的学生中，有些还是写作能力比较好的。他们可能也碰到了像我朋友一样的处境。他们往往是想追求完美与创新，可是每天的学习任务那么重，又被时间所限制，在应急焦虑的心态中越发难以写出好文章，甚至根本就完不成作文。

同事的儿子上初中，学习压力很大，双休日上午补课。那么一个星期当中只有两个下午的休息时间，而这个时候同事又逼着他到文化宫练习钢琴。同事在儿子弹奏的琴音中听出了浮躁。其实同事的儿子可能是想时间快点过去，结束了弹琴就可以早点去玩一玩，毕竟还只是个十二岁的孩子。

我想，朋友的写作，学生的作文，同事儿子的练琴等等都有个共同的特点，那就是都是在一种长期疲劳、紧张的气氛中，焦虑的心态下进行创造性的活动。一个人的情绪总处于高度焦虑状态，就会使注意力涣散，思维清晰度降低，这就影响了人的创造能力。

以往，人们总是喜欢说：压力是弹簧，你弱他就强；没有压力就没有动力……于是乎人们很喜欢在压力下工作，认为压力是取胜的法宝。

于是也有人举出相关例子，诸如忧愤出诗人，乱世出英雄等等。这乱世与忧愤对于个人来讲，可以说是一种大压力，让人紧张。确实，许多大诗人大作家多是在怀才不遇或忧愁困苦中成就他的作品和美名。司马迁在《报任安书》中说："盖文王拘而演《周易》；仲尼厄而作《春秋》；屈原放逐，乃赋《离骚》；左丘失明，厥有《国语》；孙子膑脚，兵法修列；不韦迁蜀，世传《吕览》；韩非囚秦，《说难》《孤愤》；《诗》三百篇，大抵圣贤发愤之所为作也。"

司马迁说的没有错，我也认同。但是我认为，司马迁是从整体宏观上来把握概括作家的创作的，或者说，他是从历史的背景和作家的大遭遇出发的。看待问题可以从宏观上来认识，但是也可以从微观来把握。我在这里要谈的就是，作家在创作某一篇文章时的心境，我认为这个心境一定要做到宽松。

我要说的是，历史背景和自身遭遇只是给他们带来了创作的灵感，而在具体创作的过程中，他们的心境是宽松的。

司马迁受了宫刑，他当时尽管身心受打击，但是他创作《史记》应该也是没有焦虑的，不会想到时间的催促等等，他这一写就是十八年。曹雪芹创作《红楼梦》也是十年，从现在的作家创作长篇小说的速度来看，他这应该是很慢的了。因此我可以这样说，曹雪芹创作《红楼梦》时尽管生活环境比较差，但是写作时的心境也应该是宽松的，有时间就写一点，心境好时写一个章节。我想坎坷中的作家诗人们并不是每日都以泪洗面，毫无欢颜时刻，退隐后生活困窘的陶潜不也曾"采菊东篱下，悠然见南山"么？宦海沉浮身心疲惫的苏轼不也"左牵黄，右擎苍"么？曹雪芹家道中落，自然是清苦得很，但是，饭还是有的吃的。"举家食粥酒常赊"里的"举家食粥"可能只是一时的情形。曹雪芹在西山，相当于享受兵营中一名前锋的待遇，每月四两银子，也就是说生活的困顿的焦虑没有完全占领曹雪芹的心。

当然，曾经在心境焦虑中写作过的人，我还是知道一个的，那人就是曹植，七步为诗。但是这样的人，这样的诗歌在浩如烟海的文学海洋中还是少之又少。

瑞士的塔·布克，是一位钟表大师，1536年因反对罗马教廷的刻板教规而被捕入狱。在监狱里，他无论如何也制作不出日误差低于十分之一秒的钟表，可入狱前他在作坊里制作的钟表的日误差从不低于百分之一秒。布克发现一个钟表匠在焦虑的心态下，要想圆满地完成钟表的一千二百道工序，是不可能的。

从事艺术创造劳动，就像完成钟表的一千二百道工序一样，如果没有一个宽松的心境，我想是创造不出好的作品来的。

我写文章的速度是比较慢的。有了灵感写文章的时候，我喜欢关上书房门，放点轻音乐，泡一壶浓茶，慢慢地在键盘上敲击。

莫让美玉永没石中

　　白璧有瑕，仍然温润晶莹；太阳有黑子，仍然光芒万丈。人无完人，古今中外每个伟大的人物身上都多少有短处和缺点，但这丝毫不能掩盖他们卓越的才华和显赫的功勋。

　　伯乐相马，是看马有无日行千里之能。然后现在社会上出现了很多"假伯乐"，"庸伯乐"，他们挑选千里马，不看日行千里的本领，只关注马在生活或性格方面细枝末节的小问题，揪住一些小缺点不放，结果让不少千里马老死马厩。

　　美玉藏石中，若没有玉工"火眼金睛"，它难以现光华。人才难得，就如美玉，切莫让美玉永没石中。

　　莫让美玉永没石中，要透过表象，以才取人。古语云"人不可貌相"，然而当今社会，以貌取人，以身份看人的事情比比皆是。品学兼优的浙江女生何健，因为身高只有一米四八，而被国内某大学拒之门外。四川考生徐红因为脸上有疤痕被某医科大学拒之门外。她们都有真才实学，她们都在公平竞争中脱颖而出，为什么要拒绝她们？难道大学是选美的地方吗？太荒谬了。选拔人才如果只注意某个侧面，只注意他们的缺点或短处，那么大批人才将被抛弃和扼杀。选拔人才要关注人的才干和主流，而不是细枝末节和侧面。

莫让美玉永没石中，要重人之才，不以短掩长。和仁先生在《选人育人留人》一书中说："孔雀开屏是非常漂亮的，倘若一个人不看孔雀那美丽的羽毛，只看到孔雀开屏露出的屁股，就武断地认为孔雀是丑陋的，那就实在是有失公允了。"刘邦善于用人，他不问人才的出身，不计人才小缺点。樊哙是狗屠，灌婴是布贩，陈平收受贿赂，韩信多变……刘邦重用他们的才能，他让所有人才都能够最大限度地发挥作用，最终夺得了天下。

莫让美玉永没石中，要知人善用，用其所长。英雄无用武之地，那是英雄最大的悲哀；大学教授去教幼儿园，那是他最大的悲哀；建筑工程师去砌墙架椽，那是他最大的悲哀。虽然他们有了工作岗位，但是那不是他们发挥所长的舞台，最后他们也将会无所建树，这是一种巨大的人才浪费。清人顾嗣协曾写过一首诗："骏马能历险，力田不如牛。坚车能载重，渡河不如舟。舍长以就短，智者难为谋。生才贵适用，慎勿多苛求。"

金无足赤，人无完人，人有优点和缺点，就像大地有高山必有深谷一样。伯乐，请调整好你的"视力"，看问题要透过现象看实质，选拔任用人才透过表象看才干，让有真才实学的人都找到施展才华的舞台，人尽其才，让他们为社会多做贡献！

中学时代的三个室友

从初中开始,我就开始了住校生活。那是上个世纪八九十年代,许多同学的家境都不是很好,但是大家都积极上进,热爱读书,同学间也非常友爱和谐。现在想想,那是一段非常美好快乐的时光。

舅老大张军

初二时,我开始住校。当时农村学校的住宿条件不太好,我们十个同学挤在一个小小的房子里,张军是我们的寝室长。他入学很晚,还留过级,比我大四岁。每天同学们一回到寝室,稍微洗涮一下,张军就命令大家睡觉。

刚进这个寝室的那几天,我很想说话,张军却严厉地制止我。我们安静了,张军还要到走廊的路灯下看一会儿书。我很纳闷,成绩不好的张军竟然这么刻苦。我问同学,同学只说,日后你就会明白的。

有一天晚上,我实在是睡不着觉。很晚了,张军从外面进来,上床睡觉，不一会儿，就听得鼾声雷动，连绵不断。到了第二天，我举着沉重的脑袋对张军说："老大，你害死我了，你的鼾声弄得我一宿都没有睡好。"张军说："你活该，我叫了你早点睡觉。"

我这才明白，张军是怕鼾声影响我们，所以让我们早点入睡，所以他才到路灯下看书，最后一个睡觉。

廖坤的大木箱

高一时，我寝室里有个叫廖坤的同学，爸爸是个残疾，妹妹读小学，家里经济来源就靠妈妈种几亩田。为了节省车费，每次学校放假，他都不回家。他还有个大木箱，里面装了些什么大家都不知道。

有一次，我半夜起来上厕所，忽然看到走廊上有个人影，提个蛇皮袋在捡东西。我赶忙回到寝室，怎么也睡不着。过了半个小时，寝室的门开了，廖坤走了进来。我隐约看到，他把蛇皮袋放进了木箱，然后上床睡觉了。第二天，我问他，他见遮掩不过了，羞涩地把捡废品卖钱的事情告诉了我。廖坤说："我如果不这样做的话，可能要辍学了。每个星期天，我还要到学校的垃圾桶里捡废品，然后换钱来当生活费。"他还让我看了他的大木箱，里面全是塑料瓶、废纸等等。我当场就哭了。

后来，廖坤自强自立的事情感动了全班同学，大家都向他伸出了援助之手，而且同学们还把自己无用的东西整理好，拿给他去换钱。

蔡辉的玻璃罐

到了高二，文理分科，我住进了文科班的宿舍，认识了一帮新同学。宿舍里有个叫蔡辉的同学，很爱开玩笑。蔡辉有个玻璃罐，每天都洗得干干净净的，那是装菜的。

那时候，我们学校每天的早餐都是吃米饭的，而且大家只用一个碗，饭和菜是打在一块的。蔡辉每天早上打好米饭后，再打一份四毛钱的豆腐泡。豆腐泡有很多汤，很美味。蔡辉把饭菜端回宿舍，把米饭上的豆腐泡拨到玻璃罐里。然后，早上他就用豆腐泡的汤拌着米饭吃。到了中午，蔡辉只买饭，不买菜，菜就是早上拨在玻璃罐里的豆腐泡。

其实，蔡辉的家境还好，他这样做是为了省下点菜金，来买些复习资料和课外书。后来，我们都纷纷效仿蔡辉的做法。

中学时代有几个可爱的室友，他们纯洁美好的心灵，坚强自立的品格，朴素节俭的习惯等等，深深地烙印在我的心里，对我的人生有着很重要的影响。

不完美才是人生

经常听见有人抱怨：婚姻是爱情的坟墓。可是我的一位同事却笑嘻嘻地回敬了一句话：有座坟墓总比死无葬身之地要好。这句话并不温柔，却是充满智慧。

完美的婚姻是没有的，完美的幸福是没有的，完美的人和事也是没有的，正如我们经常说的太阳也有黑子，白璧也有斑点。所谓完美，只是人生的梦想。

不完美才是人生！

然而生活中，人们普遍会以苛责之心去看待身边的人和事，总希望身边的人和事完美无缺，到头来事与愿违，心总陷入不尽的苦楚与后悔中。

古时有人得到了一颗又大又亮的珍珠，但美中不足的是珍珠上面有一个很小的黑点，于是这个人试图把黑点挖掉，他挖了一部分之后，发现黑点还在那，他继续挖……当他把黑点挖掉时，珍珠也全被毁掉了，他后悔莫及。

追求完美本身并没有错，如果完全不想追求，那会陷入玩世不恭与无所用心的状态；但是如果过分执着，那就会与美丽擦肩而过。

不完美才是人生，有了这种理念，才会体会到知足常乐：人有了知足的心态，看待人和事自然会有宽容之心，快乐也就接踵而来。相反，如果让过度的欲望像藤条爬满你的心房，那么生活就会布满阴霾。

比如有个女孩，年轻漂亮时怀着挑剔的心对待追求她的男孩，模样、工作、钞票、车子、房子等等要样样齐全。结果挑来拣去，发现没有一个符合她的条件。过了许多年之后，那些男孩纷纷离她而去成了家，钞票、车子、房子等都有了，可是她，仍孑然一身，青春的资本也挥霍殆尽。

有些人总认为别人很幸福，总喜欢与别人对比，而且偏偏拿自己的缺点与别人的优点对比，这无异于是拿鸡蛋碰石头。

不完美才是人生，对欲望淡定一些，不苛求，人才会从容。古语有云：有容乃大，无欲则刚。

一位老僧为了挑选衣钵传人，给他的得意门生一胖一瘦俩和尚出了一道题目：到森林里找一片完美的树叶回来。过了很久，胖和尚满带笑容地回来，将一片翠绿的树叶递给老僧，并说："虽然这一片树叶对整个森林来说并不是最完美的，可它却是我看见的最好的树叶。"老僧听了之后什么都没说。又过了很久，瘦和尚也回来了，可却两手空空。他沮丧的对老僧说："我看见的树叶太多了，可是在我眼里，它们没有一片是完美的，所以也就没有找到我认为最满意的树叶。"老僧端详了他俩很久，叹了口气，对瘦和尚说："你应该知道世上没有完美的东西，任何事物都会有缺憾的一面，如果你总是追求完美，那就会像现在这样，什么也得不到。"最终，胖和尚得到了衣钵的继承权。

不完美才是人生，这是一种智慧，有了这智慧，你才会拥有更多的幸福与快乐！

人心最怕是孤独

还记得五年前,《赣西晚报》报社组织一批读者去婺源旅游,旅费不高,我也报名参加了。上了车,发现各色人等都有,男的女的,老的少的。因为有几个熟络的文友在其中,我这一行还比较快乐。清晨到了景区,大家下了车,步行到了预定的旅馆洗漱吃早餐。旅馆在山腰,是一栋老式的两层小楼,据说以前是一个水电站的办公楼和宿舍楼,后来承包给人改成了小旅馆。

早餐出"故障"了,面条极稀,粥也是可以照出人影,于是大家一边吃一边骂骂咧咧。有位老人骂得声音不大,但挺凶,不但骂老板,还骂晚报的编辑,说他们组织不当,安排了这么一个黑心旅馆。编辑们无奈地笑笑,没说什么。老人停不住嘴,喋喋不休,而且还喜欢对某个旅客倾诉式的发牢骚。老人虽然不认识我,但是对着我讲了五六分钟。为了礼貌,我一边微笑,一边并不当真地倾听。这老人太较真,太求全责备了!

吃完了,要出发了,出人意料的是老人不去了,准备就待在旅馆里！大家以为他在生闷气，赶忙劝他！但就是劝不动他，就随他去了。有个编辑对我说，这位老人经常参加晚报组织的旅游活动，而且是经常到了景区后不去参观景点的，他们都习惯了。我纳闷了，那他花钱出来旅游是为什么呢？编辑说：解闷呗！

原来，老人退休好几年了，老伴去世了，儿女们又都在外地工作，一个人在家孤独，于是经常参加晚报组织的读者旅游活动。毕竟年纪大了，腿脚不便，他不敢太劳累，旅游对他来说，就只能是坐坐车，住住宾馆，和人说说话。

晚上我们回到旅馆，晚餐还是差，大家又发了一顿牢骚，老人更是牢骚满腹。

后来又出了点故障，因为房客太多，旅馆的房间不够了，得临时在房间加床位，也就是两人间变成三人间，这又引起了大家的不满。那个老人又小声地骂开了，还指责编辑贪污了大家的费用，编辑们的脾气真好，听后只是笑笑，并不回嘴，也不解释，估计他们是习惯了！老人忽然又走到一个小伙子身边，要如此这般地说一通，小伙子可没有我那般耐性，听了两句后就走了，还说了句"人老了事真多"。小伙子不理他是有道理的，因为临时加床位这类的事情在景区旅馆也很普遍的，大家出来玩要互相谅解才是。

在婺源的两天时间，老人一直呆在那个小旅馆里，没有到任何一个景点去玩。在回去的车上，他还在埋怨着婺源那糟糕的饮食和住宿，婺源留在老人心中的印象可能仅仅于此了。

到家了，大家下车。

老人问晚报的编辑：下次要组织到哪里旅游？记得先帮我登记个名字！

听后，我不禁一声太息：人心最怕是孤独！

关于告密及孔子的态度

郑州市有个女学生在日记中写了辱骂老师的话，后来被同班同学告发。一时间争议多多，女学生转校借读。（2015年4月22日《河南商报》）

在这件事情中，同班同学是告密者。也许我们认为同学告密是正当行为，但是换个角度看，却不是滋味，同学之间互相告密，那么同窗情谊何在呢？

在奥威尔的《1984》中，有个叫作帕森斯的党员，就是因为说了"打倒老大哥"的梦话，被自己的儿子和女儿听见后报告给当局，结果被捕了。帕森斯的儿子和女儿性格阴冷残忍，喜欢看绞刑。这样的儿女，还不如不养。

古代有个很经典的故事，叫"直躬证父"。

楚有直躬者，其父窃羊而谒之上。上执而将诛之。直躬者请代之。将诛矣，告吏曰："父窃羊而谒之，不亦信乎？父诛而代之，不亦孝乎？信且孝而诛之，国将有不诛者乎？"荆王闻之，乃不诛也。孔子闻之曰："异哉！直躬之为信也。一父而载取名焉。"故直躬之信不若无信。（《吕

氏春秋·当务》)

（楚国有一个叫直躬的人，有一次，他的父亲偷了羊，他就跑去向官府告发。官府派人将他的父亲抓起来准备处死。直躬于是又请求代替父亲接受惩罚。官府将要杀他的时候，他问道："父亲偷羊向官府揭发，这不是讲诚信吗？代替父亲接受死刑，这不是孝顺吗？如果是，那么，既诚信又孝顺的人，还要处以死刑，这个国家还有不该杀的人吗？"楚国国王听了这段话，就免了直躬的死刑。孔子听说这件事，说："太奇怪了呀！直躬所谓的诚信，是利用父亲的一件丑事，两次取得名誉。"因此，直躬这种诚信，不如没有诚信。）

看起来，直躬简直是忠孝两全了：告密，忠；代父抵罪，孝。而《吕氏春秋》的态度很明确：像直躬这种诚信，不要也罢。

孔子对待直躬的做法是很反对的，他说直躬就是一个沽名钓誉之徒。孔子提出自己的主张：父亲犯错了，儿子要帮他隐瞒，亲亲相隐，这才符合父子亲情，符合孝义。

叶公语孔子曰："吾党有直躬者，其父攘羊而子证之。"孔子曰："吾党之直者异于是，父为子隐，子为父隐，直在其中矣"（《论语·子路》）

（叶公对孔子说："我的家乡有一个直率坦白的人，他父亲偷了羊，他便告发父亲。"孔子说："我的家乡直率坦白的人与你所说的不同：父亲为儿子隐瞒，儿子为父亲隐瞒。直率坦白就在这里面了。）

庄子也不认同这种诚信。《庄子·盗跖》：直躬证父，尾生溺死，信之患也。

在电影《闻香识女人》中有一段台词："我不知道，查理今天的缄默是对还是错，但我可以告诉你，他决不会出卖别人以求前程。而这，朋友们，就叫正直，也叫勇气，那才是领袖的要件！"

影片中，查理无意间目睹了几个学生对校长的恶作剧，校长逼查理交代谁是主谋，否则将开除他的学籍。查理的忘年交、盲人史法兰，在听证会上谴责校方正在毁灭这个孩子纯真的灵魂。演讲博得如潮掌声，使校方最终作出让步。

《人民日报》有篇文章写得好："不告密、不揭发，与其说是一种可贵品质，不如说是一条道德底线。告密成风的社会，是人人自危的社会，告密使人与人之间失去基本信任，甚至相互侵害，冲击人们的价值判断，毁掉社会的道德基础。"

文字里的那些有趣的破绽

我是个儿童文学作家,也是个语文教师,写的作品大多发表在学生阅读刊物上。因为是给孩子看的,所以在遣词造句上有些较真。参加过江西教育期刊社组织的几次笔会,与编辑接触了些,非常佩服他们在校对工作中的严谨作风。有个编辑告诉我,一篇文章在编辑几次校对之后,还要寄往上海的《咬文嚼字》中心再进行审查,文稿返回后,如果审查出的文字纰漏多,是要扣编辑奖金的。

文章都是人写的,无论是大作家还是小写手,都会有考虑不周的地方。我们对于某些大作家的经典作品,大可不必奉若神明,不要以为这作品就是美玉无瑕,更不要以为这作品的每一个句子或者每一段话都是完美的。

王维的诗歌《鸟鸣涧》选入了小学课本:

人闲桂花落,鸟静春山空。月出惊山鸟,时鸣春涧中。

读着读着，问题来了：这首诗是写春天，还是写秋天呢？因为桂花作为诗歌的意象，往往描入秋天的意境中，而这首诗中却反复出现了春字。大人们可能清楚桂花有不同的品种，有些桂花是春天也会开的，但是小孩子不懂啊，如果就时间问题来提问，还真会让孩子们心生迷惘。

近读台湾作家琦君的散文集《粽子里的乡愁》，书里面将桂花分为金桂、银桂两种。银桂又名木樨，是一年到头月月开的，所以也称月月桂；金桂开的季节却是中秋前后。两种桂花都很香，人们一般用金桂来做桂花糕、桂花卤。琦君说："银桂是给你闻的，金桂是给你吃的。"

如果王维写的不差的话，他所写的桂花应该是月月桂。这个问题似乎已经解释清楚了，但是沈括的《梦溪笔谈》中一段话又要让人思维凌乱了。

王维，字摩诘，能诗，能画，能乐，据说英俊潇洒，走了下公主的后门，科考中得了个状元。王维在圣盛唐时期是个举足轻重的文人，有人说李白是天才，杜甫是地才，王维是人才。王维的画也是备受推崇的，苏轼在《东坡志林》中说："味摩诘之诗，诗中有画；观摩诘之画，画中有诗。"

《梦溪笔谈》卷十七里写道："彦远《画评》言王维画物，多不问四时，如画花往往以桃、杏、芙蓉、莲花同画一景。予家所藏摩诘画《袁安卧雪图》，有雪中芭蕉……"

读完这段话我在想，如果按照王维绘画的套路，他的诗歌写作会不会也偶尔"不问四时"呢？这就不得而知了。反正不管怎样，初学古诗并且正在背诵"八月丹桂满枝黄"的小学生，读到《鸟鸣涧》这首诗，难免会心生困惑。

教朱自清的《荷塘月色》，我也生出了疑问。《荷塘月色》中描写了夜晚的荷塘，里面有一段话写道：

"层层的叶子中间，零星地点缀着些白花，有袅娜地开着的，有羞涩地打着朵儿的……"

朱自清认为,在夜晚还"有袅娜的开着的"荷花。我曾经到过江西广昌县看荷花,我们是凌晨时分去看荷花开放盛景的。种植农户告诉我们,开放的荷花到了傍晚是会闭合的。我也查了一些资料,发现荷花一般是在凌晨三四点开放,黄昏时就开始闭合,晚上没有张开的荷花。为了解开疑惑,我曾经在一个小荷塘边,从黄昏开始观察,一直到夜晚,到了夜晚,我用手机电筒照,没有发现一朵盛开的荷花。

对于荷花晚上闭合现象,资料上的解释是:因为夜里没有阳光,植物无法进行光合作用制造养料,而夜间的气温又低,会造成不必要的水分流失和热量散失,所以花瓣会合拢,像人闭上眼睛睡着了一样,科学家们把植物这种昼开夜合的现象称为"睡眠运动".

我想,朱自清应该是未认真观察生活,犯了一个常识性错误。

说到常识性错误,我记起了以前自己写过的一首诗,其中有一句:

"灌浆的稻子弯腰吟思……"

一位老教师看了后,对我说:"王老师,你不懂生活常识哦。"我听后愣住了。他笑着说:"稻子灌浆的时候,是直挺挺的;成熟了,才会沉甸甸地弯腰哦。"我一听,如醍醐灌顶。

前不久,我写了一首《五月浅夏,光阴落香》,里面有一句:

"汉子手握犁铧翻剪土地的芬芳……"

有朋友看了后就说我犯了常识性错误,说农民不可能五月份才耕田整田,太晚了。我说我真没写错,因为时代变了,以前农民种双季稻,整田时间更早;而现在大家是抛谷种大禾,只种一季,所以五月才开始整理田地。

只要是人写的东西,纰漏破绽总是难免的。有些口口相传了数百年的文字,也会出现有趣的破绽呢!

有一句俗语,大家耳熟能详:

"金钱如粪土，仁义值千金。"

这句话说的是君子应该轻视钱财，而重视个人品行修养。这句话被当作至理名言传扬了数百年。

说起来还真是可笑，这其实是一句自相矛盾的话。请看，仁义值千金，千两黄金啊，这千两黄金是什么，是钱财啊！而钱财就像是粪土一样，这不就是说，仁义也就如粪土了吗？如此看来，古人到底是让我们重视仁义呢，还是唾弃仁义呢？

有一副写弥勒佛的对联，也颇有趣：

大肚能容，容天下难容之事
开口常笑，笑世上可笑之人

这副对联也是有悖逆之处的。上联中弥勒佛宽容大度，什么事都能容忍。下联中的第二个"笑"字，解释为"讥笑"，弥勒佛都那么能忍了，什么狗屁事都能忍了，怎么还会去讥笑世上可笑之人呢？这不是矛盾吗？

看来，写作者对于文字必须有一丝不苟的谨严精神；而阅读者也大可不必"尽信书"，遇到了问题应该大胆地去质疑，文字作品要经得起推敲，经典作品也没那么神秘。

177

第五辑 杏坛情怀

书生之三十三快哉

读金圣叹《三十三快哉》与李敖《三十三快哉》，中有所感。吾乃草根，教书举业，无甚才略，却颇喜兹业。无甚爱好，读写自乐。于语文教育别有省悟，践行之。素喜校园文学，书教育故事，激儿童想像。校园弟子百余人，精心育之辅之以自创之法，颇以为豪。斗室之中，书生意气，不知寒彻暑暄，不晓鬓发夹银，优哉游哉，乐在其中。

其一：身为教师，得天下之英才而教之，得天才之雄文而读之，不亦快哉！

其一：课上与生激辩教材讲义，课后与生畅谈文学名著，不亦快哉！

其一：看学子习作汪洋恣肆，书写方正遒劲，大笔一挥赐五百分（满分一百分），不亦快哉！

其一：语文教师皆有早晚自修，早自习教室书声琅琅，生摇头晃脑背书，我背交双手，悠然踱之，颔首许之；晚自修室内鸦雀无声，我优哉游哉读闲书，学生安安静静阅名著。不亦快哉！

其一：英才潇潇洒洒质疑，后进毕恭毕敬请教，不亦快哉！

其一：窗前握一卷书，抬眼华枝春满；夜中伴一灯明，昂首天心月圆。恬淡写意，不亦快哉！

其一：看学生下笔千言，如银瓶乍破水浆崩；观点奇崛，似铁骑突出刀枪鸣。不亦快哉！

其一：看学生在群里讨论技巧，互评文章，不亦快哉！

其一：邮局帮学生领稿费，课堂给学生送样刊，不亦快哉！

其一：喧嚣尘上读庄子，宁静之夜阅红楼，风雨萧然赏小品，不亦快哉！

其一：旧书读出况味，老文讲出新意，不亦快哉！

其一：看红学家们你来我往针锋相对，刀光剑影观点争鸣，不亦快哉！

其一：我草根一枚，却能与鸿儒大学畅谈红楼之胜，不亦快哉！

其一：课堂讲解东拉西扯跑题如草原万马奔腾，学生笑声此起彼伏领悟似大海万流归宗，不亦快哉！

其一：教案如废纸放讲台，新意似喷泉自头涌，不亦快哉！

其一：每批阅文章，皆为心路之历程，睹那满纸荒唐言，幼稚浅薄句，不禁眉蹙；而遇那性情之作，锦绣华章，浇我块垒，荡我心胸，不亦快哉！

其一：今日读书明日现课堂，"读以致用"；即兴胡诌学生来品评，"文以载道"，不亦快哉！

其一：看书籍一箱一箱来，书架一格一格满，不亦快哉！

其一：坐书架前，翻一本书，泡一壶茶，抽 根烟。字墨夹茶香，合书抖烟尘，不亦快哉！

其一：老婆厨房做饭，儿子客厅写字，我宅书房阅览，不亦快哉！

其一：书籍不管能否出版，合同仍照旧签上大名，不亦快哉！

其一：不是小女子，仍钟情茶花桃花杏花栀子花，确因花入纸上文生香；实乃真爷们，全热爱儿文情文术文通俗文，真是文流心间气自华，不亦快哉！

其一：自创作文奇方授之学子，看他笔墨汩汩而出，笔尖沙沙作响，文采飞扬，妙笔生花，不亦快哉！

其一：读书随处净土，闭户即是深山，书里乾坤大，文中岁月长。窗外事虽两耳不闻，但亦知个大概；世间路虽不亲历，却能猜个深浅，不亦快哉！

其一：身上旧衣年年穿，不修边幅；手中新书时时翻，确有真意，不亦快哉！

其一：个子矮小却喜嗓门洪亮，身材肥胖还好文字清瘦，人生没有十分满，不必较量惹闲愁，不亦快哉！

其一：新书出版亲朋好友见面不忘夸两句，挺受用；闭门耕耘春花秋月走笔实在写几行，很满足。不亦快哉！

其一：他人谈名道利我充耳不闻，知己言古论今余张嘴就说；若无意趣人群鼎沸我无言，真有兴味寂静讲台话不尽；并非双皮脸，实乃真性情。如此如此，不亦快哉！

其一：粗茶淡饭一桌，借口减肥，好友不恼；清茶香烟满室，"粮食"充足，同道欢愉。不亦快哉！

其一：从容闲淡懒得问人生价几何，不用惺惺作态；书山文海真正明胸怀宽无边，可以谦谦为人。不亦快哉！

其一：忠臣孝子，堂堂正正做一个人；读书耕田，从从容容行两件事。如此如此，不亦快哉！

其一：体肥还须少吃饭，省钱去买书；貌丑就要多读书，阅览来充饥。如此如此，不亦快哉！

其一：打开书，鸟事没有，读啊；摊开纸，涌上心头，写啊。如此如此，不亦快哉！

不给平庸找理由

　　这次参加全省青年教师优质课大赛，我有幸得了一等奖。很多听课老师在得知我在一个小县城的一所普通中学任教后，都觉得很奇怪。我笑笑说："难道普通中学就不能有好老师吗？"

　　我再仔细一琢磨，意识到了一个普遍存在于人心的认识：一个人如果落在了平凡的工作岗位，是有资格去平庸的。换句话说就是：生活对我不公平，那我就平庸给你看。

　　普通工作岗位上的人们，因为有了这种观念，就不再把工作当成一项醉心的事业去追求；因为有了这种观念，人们就为自己"献身"麻将或游戏找到了很好的借口；因为有了这种观念，人们就找到了一张通往平庸的通行证。

　　是的，生活对我们大多数人也许是不公平的。同样都是水，为什么有的流到了大海，有的只能在小溪？为什么有的变成天上美丽的云朵，有的只能流进干涸的沙漠？为什么有的成为纯净水，有的只能成为烂泥塘的臭水？同等的学历，同等的能力，为什么有的人进了豪华办公室，有的人只能进普通车间？……谁不愿往高处走呢？但是走得上去吗？我们无法选择自己的出身，真的要选择出身，可能就大逆不道了；我们无法加厚脸皮，真的要加厚脸皮，可能就为人唾弃了。现实就是如此，在没有能力改变之前，何不坦然接受？

　　普通的工作也是工作，平凡的岗位也是岗位，总得有人做，做这件工作的人为什么不可以是我们？普通的工作，人的心境不一样，做出的效果也是不一样的。同样是建桥，有人建的是历史流芳的艺术品，有人建的是承载百年的实用品，有人建的是遇洪水即倒的"豆腐渣"。同样是教书，有人选择当惠及人类灵魂的教育家，有人选择当传播知识的教育者，有人选择当养家糊口的教书匠。同样是著书，有人写的是千年不朽的巨著，有人写的是传唱一时的名篇，有人写的是骗取"润笔"速朽的文章。

　　温室沃土可以轻易地培养出娇艳的鲜花，而贫瘠的土地，只要认真去改变土质，精心施肥灌溉，也是可以种出美丽花朵的。只不过，花费的精力更多，付出的劳动量更大罢了。这就需要劳动者具有良好的心境。我们落在了贫瘠的土地，如果心境不佳，我们的土地就会一直荒芜；如果改变了心境，那么再贫瘠的土地也会给我们回报。

　　我想起了一个故事：日本有位大学生野田圣子，利用假期到东京帝国饭店打工，分配的工作是洗厕所。但是她工作认真负责，清洗的马桶特别干净。假期结束，经理验收考核成果，在所有人面前，她从清洗过的马桶里舀了一杯水喝下去，这个举动震惊了所有人。毕业后，她顺利进入了帝国饭店工作。野田圣子无论干什么工作，都抱着高度的热爱和激情，这种良好的工作态度成就了她一生的辉煌。三十七岁后，她步入政坛，成为日本内阁邮政大臣！我关注的不是野田圣子后来的辉煌，而是她做清洁工时那份认真执着的精神，她把平凡的工作干到了极致。

　　无论你的工作多么普通，无论你的岗位多么平凡，请付出你的热情认真对待吧！也许辛勤的汗水，无法让你的人生繁花似锦，但足以让人尊敬与钦佩；也许执着的奉献，无法让你成就伟大与不朽，但是足以让你的人生活出一段风流。

  生活也许对你不公平，但是千万不要用平庸去报复生活，那样的话，受伤的还是我们自身。我们平凡，但绝不平庸，这样的人生同样是绚烂华美的！

我爱笨孩子

年轻老师最容易犯的一个毛病，就是喜欢说学生笨，讨厌笨孩子。

刚执教鞭那两年我也犯过同样的毛病，甚至有时上课也不提笨学生的问。

有一次，一个女学生在周记里说我偏心。第二天上课我让她背诵《滕王阁序》，想惩罚她一下。谁知道她站起来说："老师，我背不出来，你能背出来吗？"我呆了，因为我也背不出来，随即我调侃地说了一句："老师又不参加考试。"学生们都笑了，笑声中有宽容，也笑我这个理由很牵强。

从那以后我开始审视我的教育态度和方法。

一个好老师应该对孩子一视同仁，教育的光辉师者的爱心应该倾洒到每一个孩子的心上。花点时间我可以背出《滕王阁序》，再花多点时间孩子也能背出《滕王阁序》。作为老师我多督促他们一点，不就达到了教育的效果么。他们真的是笨孩子么？笨孩子的称呼是谁起的？这其中是否有教师责任的缺失？是否我的教学方法存在问题？

他们不是笨孩子，他们都很可爱，很努力，很直率。于是我从自己身上找原因，钻研起了教育教学方法。

以后，上课时，我会经常说："你们听懂了么？不懂的请举手。"然后我仔细地跟他们讲解。每节课我总是准备得很充分，上课时，我会旁征博引深入浅出幽默风趣地给他们讲课，笑声充斥着课堂。

元曲四大家是白朴、马致远、郑光祖、关汉卿，讲到这个知识点，我对学生说："大家只要记住'白马阻（祖）关'就是了。"学生老是不能完全想起七种常见的复句类型，我给他们总结为一句话：因选转递并假条（因果、选择、转折、递进、并列、假设、条件），你看因为旋转太久了头发晕，就递交请假条去看病啊！学生们笑着接受了我的讲解，他们把这些知识点牢牢地记住了。

学生们非常喜欢听我的课，我的教学成绩也总是名列前茅。随着时间的推移，我已经总结了很多教育教学上的规律，写了很多的教学日记。于是我把它们整理成了一篇篇的论文、教学随笔和教育故事。我的文章在全国各大报刊发表，至今已经发表了五百多篇。学生们也喜欢看我的文章，因为他们觉得我的文章很真实，有些故事可能就发生在他的身上，有的可能就是以前的某节课。

我的学校是小县城的一所普通高中，学生都是在中考中成绩不理想的学生。但是经过三年的努力，他们当中也有很多人考取了理想的大学，去年我的一个学生的高考作文还获得了满分。

看着这些引以为自豪的成果，我要感谢这些可爱的孩子，是他们触发了我的创作灵感，是他们让我在教育的沃土中倾心钻研。这些规律是给他们总结的，这些故事也是写给他们的。这也许就是古人所说的"教学相长"吧。

我想起了一个小故事，故事是这样说的：

上帝给我一个任务，叫我牵着一只蜗牛去散步。我不能走得太快，蜗牛已经尽力在爬，每次总是挪那么一点点。我催它，我唬它，我责备它。蜗牛用抱歉的眼光看着我，仿佛说："我已经尽力了。"真奇怪，为什么上帝叫我牵着一只蜗牛去散步？我松手了，任蜗牛往前爬，我在后面生闷气。咦？忽然我闻到了花香，原来这边有个花园。我感到微风吹来，原来夜里的风这样温柔。我听到了鸟声，我听到了虫鸣，我看到了满天的星斗。咦，以前怎么没有这些体会？我忽然想起来，莫非是我弄错了？原来上帝是叫蜗牛牵我去散步。

　　工作上，我在努力把这些可爱的孩子教育好，实质上，这些可爱的孩子也在把我塑造成一个优秀的人民教师，他们就是我的天使。

民间优秀教师

　　看着这个标题你也许奇怪,优秀教师哪里还有民间与官家之分的?可是我告诉你,有。

　　张武晖和刘桂基都是学校的年轻语文教师。那年,他们二人都参加了全县的青年教师优质课比赛。

　　张武晖的课上得很烂,大家都这么说。烂的是老跑题,用词不雅观。那天他上的课文是《孔雀东南飞》。第一节课他把文章串讲了一遍,第二节课就开始了天马行空。他问学生:"刘兰芝长得漂亮,又勤劳善良,与丈夫感情又很好,可是焦母却要逼迫儿子休掉了刘兰芝,这不是有病吗?"用语实在不雅!然后,学生开始讨论其中的原因。有个学生说可能是没有生儿子的缘故。张老师借这个学生的思路发挥,把古代孝的观念阐述了一番。有个学生说可能是刘兰芝和焦仲卿太恩爱了,让焦母感到失落。张老师又借着这个思路,给学生讲解什么是"恋子情结",还延伸讲了弗洛伊德的理论和俄狄浦斯"杀父娶母"的故事,花了很多时间。有个学生说可能是焦母心情烦躁,张老师把女性的更年期问题讲解了一番，还说什么当时没有"静心口服液"等等。

教室里笑声此起彼伏，学生也听得津津有味。但是，两节课下来黑板上没有几个字，连文章的主旨也没有写，学生们基本上没有做笔记。教研室的人说，张老师上课连基本的章法都不懂，而且不知道把握课堂的时间节奏，基本功没有过关。初赛，张老师就被淘汰了。

刘桂基老师制作了精美的课件，画面优美。上课时还播放了一段忧伤的爱情歌曲。讲解起来也是有条不紊，什么文章结构，段落大意，中心思想等全都工工整整地写在黑板上，板书美观大方。而且他刚刚讲完，下课铃声就响了，时间把握得很准确。

刘桂基老师的课获得听课老师的一致好评，最后他一路过关斩将，夺取县优质课大赛的桂冠。

但是，在学校，张老师的课深受学生的欢迎，而且他的学生非常热爱写作，喜欢辩论，每次学生评教他总是满分，每年都评上了学校的优秀教师。学生高考成绩也是遥遥领先，还有学生作文获满分。

刘老师的课学生们却不怎么喜欢，而且高考语文成绩评估也不如张老师。但是有一年，刘老师的班上有个学生考上了清华大学，一下子轰动了全县，要知道，在这个小县，几年才有一个把学生考上清华大学啊。一时间各色光环向刘老师滚滚涌来。

现在刘老师已经成为了全省的优秀教师，拥有一大串的荣誉。而张老师只是学校的优秀教师，他的名字怎么也走不出学校！

学校的年轻老师都喜欢向张老师请教，因为大家都把他当成是自己心目的优秀教师，不过，只是民间的而已！

但是，请不要悲观地认为优秀教师只是凤毛麟角。考察评估一个教师不是件容易的事情，不是几条简单的规则就能约定的，这就像教师不能简单地评定一个学生的优劣。如果把身子俯下来，走进教师中，你会发现教师的天空里其实群星璀璨。

子非鱼

我的同事张老师是个很有趣的人，他兴趣广泛，而且一旦爱上了某件事，那个痴迷劲啊，简直无人能及。

张老师和我同一年毕业分配到学校教书。刚参加工作那会儿，我和他都住在学校的单身宿舍里。

记得我和他曾一同去看了梁家辉主演的电影《棋王》，之后他对象棋产生了浓厚的兴趣。他买来了一大堆棋谱，一有空闲就把自己关在房间里研究。学校的工友老李在学校里象棋下得最好，张老师就时不时地找他切磋。张老师基本上没有赢过，老李不太愿意和他下了。而张老师总是央求他再下，还买了好烟、好茶来招待老李。他们有时一下就是整宿，老李曾经黑着眼睛摇摇头对我说："真拿张老师没小法"。后来有一回，我在一旁观战，第二盘，张老师竟然微弱的优势赢了老李。张老师站起身来，感叹地说："不下了，我看已经到极致了。"

不久，张老师爱上了唱歌，美声唱法。本来，他的嗓音就比较浑厚，他觉得自己底子好，可以修行一番。于是他找到了教音乐的小蔚老师，非要她教他如何发声。小蔚老师就在办公室里随便指点了一下，并且给了他一本专业书。他如获至宝，潜心练习。每天天不亮就在离学校不远的小树林里吊嗓子，有时到了夜深人静，他也会忽然来几嗓子，最大的受害者就是住在隔壁的我了。我有点恼恨地问他说："你活得累不累啊？"他嘿嘿一笑说："怎么会累呢？子非鱼，焉知鱼之乐？"后来在全县的卡拉OK大赛上，他竟然还得了个小奖。得奖后他却很淡然。

过后他又迷上了很多东西，比如乒乓球、朗诵、书法、小提琴等等。特别是小提琴，因为在小县城找不到好的指导老师，他特意到二百里地远的省城南昌请了个老师教，每个星期去一次，坚持了四个多月。我又问了他一个傻瓜问题："你不累吗？"他说："子非鱼，焉知鱼之乐？"张老师练小提琴最大的收获，就是追到了我们的校花级老师小蔚老师，我们都歆羡不已。那时小蔚老师也是每周到南昌去进修声乐。张老师说："我并不是因为追小蔚才去南昌学小提琴的。"但是好像没有多少人信他。

几年过去了，我们各自成家了，在县城买了房子，在一起交流的时间少了。但是他痴迷古钱币、篆刻、写博客的事情还是会经常传到我们耳朵里。他曾经花了两千元钱买了一个仿古钱币，弄得小蔚跟他闹了好一阵离婚。

去年的一天，他找到我说："哥们，以前我见过你有几本厚黑学方面的书，借我看看。"我笑着说："怎么迷上厚黑学了，是想做官还是做生意？"张老师说："什么都不是，是想哄老婆开心！她要我参加学校中层干部竞选呢！"我说："你也太早了点吧，等选上后再看也不迟啊？"张老师说："哥们你还不知道我么？我压根不是那块料，对竞选我一点兴趣也没有。只是小蔚老说我不求上进，非要我参加不可。我怕竞选演讲时开不了口，这不想先看书找个方法把脸皮练厚些么？"我听后哈哈大笑起来。最后，张老师到底还是没参加中层干部竞选。

小蔚说张老师不求上进是不应该的，曾经我对他的理解也偏差了。

张老师的多才多艺，赢得了学生们的喜欢，教学成绩相当不错。张老师在我们学校可以说是个"荣誉大户"，每年学校、县里甚至市里举办的各种比赛活动当中，总能看到他的身影，荣誉证书也是每年一大摞，奖金也不少。

前不久，他参加县里举办的优质课大赛，一堂苏东坡的豪放词鉴赏课，他讲的是恣肆潇洒、妙趣横生。他展示了收集到的苏东坡的书法拓本，他慷慨而又深情地吟诵了《赤壁怀古》，他用浑厚的嗓音唱了谱曲后的东坡词，讲解中还渗透了简单的棋道和佛理。这堂课不仅学生们听得如醉如痴，听课的老师们也意兴盎然，教室里时不时掌声雷动，结束时赢得满堂喝彩。张老师一举夺魁。

子非鱼，焉知鱼之乐？我似乎明白了一些。如果说教育是一架马车，在车内看见路旁的鲜花，我们不妨欣赏一番，采上几朵，这些花朵也会扮靓整个马车的。

杏坛诗意栖居

曾经听到很多人说当老师真苦，真穷，也曾经看到很多老师中途就改行从事其他职业。每当耳闻目睹这些，我都付之一笑。

我也是个人民教师，教师的穷与苦，我是深有体会的。但是仔细想想，现在教师的待遇应该还是可以的，比上不足，比下还是有余的。如果我们一心拿自己去跟大老板大富翁去比，我想那是自己找难受，人比人气死人嘛。

人是要有点精神的，如果说这个世界人才最宝贵，那么还有什么比培养人才的职业更高尚的呢？

一支粉笔两袖清风，三尺讲台四季晴雨，加上五脏六腑七嘴八舌九思十想，教必有方滴滴汗水诚滋桃李芳天下；

十卷诗赋九章勾股，八索文思七纬地理，连同六艺五经四书三字两雅一心，诲人不倦点点心血勤育英才泽神州。

这副对联深深地打动着我，影响着我。我想无论从事何种职业，关键是有一个良好的心态。

我是个中学语文教师，我也热爱文学，所以我觉得我的兴趣与我所从事的职业是那么的浑然一体，我用文字来表达我执教的感受。

曾经，我的学校坐落在山区，那里风景优美，却交通不便，学校招生不景气，效益也不好。有许多老师成天抱怨待遇太差，怀才不遇，造化弄人。

当时每个班大概只有三十来个学生，教学任务不重，我住在学校，空闲时间比较多，所以除了认真教好书，培育学生，我把闲余的精力放在了写作上。在别人抱怨感叹之时，在别人埋身麻将扑克之时，我的心很静，我倾心书写诗文，然后，我把这些诗文投给了报刊。当时还买不起电脑，我用平信投稿，经常是骑辆自行车到十多里外的小镇邮局去发信。骑行在乡间的小路上，道旁稻香鸟鸣，花艳草绿，觉得心旷神怡。

上课时，我把自己的写作经验体会告诉给学生，手把手地辅导他们写作文。我把好的学生作文挑选出来，也投给了编辑部。我觉得这是一种快乐，当时的生活虽苦，却快乐着。

我想，是文学在沉淀着我的梦想，是教育在净化着我的心灵。文学的情愫让我远离利益喧嚣，教育的责任让我的精神逐渐提升。皇天不负有心人，我的诗文开始大批量地发表了出来，每年我的班上的学生也能够发表几十篇作文。校长和同事们经常夸我，我在家乡小县也小有名气。培育的学生一茬一茬，他们有的考取了重点大学，有的已经成为了行业的精英。

记得当时我曾经写了一首名为《山村教师》的诗歌，里面有这么几句：

山村教师／这称谓中包含了太多的失去／劣质的烟丝呛出苦味的泪花／在大山一块荒芜的土地上／出现了一个瘦长的身影／柔弱的肩头／晃荡着两桶艰辛的生活……

走在简陋的教室 / 如徜徉在书香泥味交织的海洋 / 付出如一壶浓香的酒 / 令他沉醉 / 呕出来一颗心 / 温暖孩子脸上灿烂的微笑 / 沥出来千滴血 / 都化作作业本中鲜红的批改

　　白色的粉笔短了 / 添了鬓角的白发 / 手中的教鞭短了 / 再用脸上的皱纹接上……

　　我的这首诗反映了当年的山村教师的困顿窘迫，但是更写出了山村教师的默默奉献和不懈的精神追求，这是我当时真实的心迹写照。身为人师，人类灵魂的工程师，更应该将自己的灵魂提升到一个高度。如果说人生如大海航行，那么物质是船，精神就是领航标。

　　后来，我的学校整体搬迁到了县城，学校规模一下子就扩大了许多倍，老师们的待遇也提高了很多。

　　我觉得人生就是这样，有了爱与执着的付出，就有了甜蜜的收获。回头看看当年在山区从教的艰苦岁月，心中是一份美好的回忆。因为有了热爱教育与文学的情结，我觉得自己就是一个杏坛的诗意栖居者，往昔如斯，今日犹然，未来不改。

平凡的幸福

经常感叹生活很平淡，每天按时上班下班，领着一份不多的薪水，波澜不惊，工作业绩虽还不错，但总徘徊在领导的视野之外。于是经常抱怨喟叹。

我的周围还有一大帮这样的人。办公室里，饭桌上，我们都是怨天尤人，大家的语气里透露出的意思是：钱赚得不多，提干又了无指望，前途漆黑一片。聊着聊着，就发现幸福离我们越来越远。

一天早晨我又形色匆匆地去赶校车。车还没有来，我就到路旁的店里买包烟。店主小廖和我很熟络，他对我说："王老师，我真的很羡慕你们，你们真幸福啊！"我一时很惊讶，小廖怎么忽然讲出这样的话。小廖的店经营得很好，服务态度好，物品的价格也比其他的店便宜一些，附近的居民宁愿绕远到他的店里买东西。他的生意越来越红火，钱越赚越多，不是我们工薪阶层所比得上的。

我说："我们哪里谈得上幸福啊？你的票子越赚越多，我们羡慕你还来不及呢！"小廖说："王老师，我说真的，我们很孤独呢。你看，我们夫妻两个每天起早摸黑，总是在这个小店里忙活，聊天的人都找不到啊，有人聊天多么幸福啊！"

校车来了，我对小廖的话未置可否，就匆匆上了车。在校车上，同事们有说有笑，当然还有人在抱怨着学校制度的漏洞和用人的不公。我知道，漏洞之所以成为漏洞，是因为把说话者给漏下来了；不公之所以不公，是因为说话者感觉到了怀才不遇。如是往日，我会加上自己的遭遇对说话者附和一番，但是今天，我的头脑中老是想着小廖的话。

人世间，什么才是真正的幸福？没有人能给出一个确切的答案。但是幸福感是可以寻找的。在我们的观念中，追名逐利是一种幸福，但是如果名利难以追求，是否就毫无幸福可言了呢？不，答案是否定的。

学校同事比较多，我的办公室里就有十五位老师。每天上课之余，大家在一起聊天喝茶，在一起打球运动。尽管有抱怨，但是笑声总会在我们周围回荡，这其中，有一种感情在萦绕着。这种感情是一生的回响！

我们是教师，经常会遇到学生毕业时的感伤离别，作为老师，我们也感同身受。而其实，我们这些老师不也组成了一个大的班级吗？这个班级不是三五年的同窗情意，我们将在这个班级里学习一生。这其实是个多么有意思的班级，多么快乐的班级！

一个话题大家说着，各抒己见；一份喜悦大家分享，谈笑风生；一种烦恼大家担着，相互劝勉。表面淡如水，实则甘如饴。这平淡而实在的友谊，何能用金钱买到？处在高位的人，恐怕还听不到这实在的笑声吧？

记得有一次老校长问我说："小王，你平日和老师说话那么幽默，怎么和我说话总是这么拘谨？"我无法回答，可能是习惯使然吧，我于是又拘谨地笑笑。毕竟，不是人人都能成为东方朔的，自然也不是每个处在高位的人都能尝到汉武帝的喜悦。

从这个层面上说，平凡的我们又是幸福的。

诗情洋溢师生河

我这个人很热爱文学，也很热爱我的教育事业。作为一个语文老师，我曾经一直在体悟着师生的感情空间。我曾经问自己，我是板着脸的传经授道的夫子吗？不，我爱说笑；我是和蔼可亲的谆谆长者吗？不，我表情太率真。古语说三十而立，人进入中年后我还是发现自己还是长不大，嘴上浓黑的毛，可总觉得办事不牢。我有很多缺点，曾经我为和学生打赌而剃过光头，曾经我为上一篇课文流过眼泪，曾经我还为学生借了我的钱不还而大光其火。我反省自己总觉得很惭愧。

我知道，现实中有很多像我一样的老师，也在不停地自责。也许，自责就是一种成熟吧，可是我总怕错误一直在前面等。

不过，还好学生们喜欢我，他们喜欢我上课总惹他们笑，他们喜欢我总是辛苦地教他们写诗。我向他们说海德格尔说的话——人应当诗意地栖居；我向他们说人要有颗烂漫的诗心，无论是学习还是生活。

我也把自己写的诗读给他们听，也许是想卖弄，也许是想看到他们热爱文学的神情。我想一个教师就像是一个推销者，把自己钟爱的文学顺利地推销给了学生，心里就有满足感。《登高》是杜甫的佳作，被誉为"古今七律之冠"："风急天高猿啸哀，渚清沙白鸟飞回。无边落木萧萧下，不尽长江滚滚来。万里悲秋常作客，百年多病独登台。艰难苦恨繁霜鬓，潦倒新停浊酒杯。"在讲解完诗以后，我告诉学生，我研究出了一种"王氏造诗法"，根据《登高》的框架，借鸡生蛋，来个闭门造诗。杜甫是悲伤低沉，我们就豪放飘逸，他在秋日登高，我们就春日登高。于是我吟诵道："风和日丽鸟清啼，草绿水蓝蝶翩飞。参天碧树繁枝叶，漫山红花醉心脾。百日阳春慕高义，万丈豪情登华林。意气风发长抒啸，奋进山巅我为旗。"学生们听后拼命鼓掌，我于是十分得意地说："怎么样，我的'王氏造诗法'不错吧！"同学们大笑，课后有许多同学都开始造诗，慢慢地他们也喜欢上了写诗。

　　当然我也喜欢把自己写得可笑的诗歌讲给他们听，我喜欢他们的笑声。我写的一首诗歌中曾经有这么一句：灌浆的稻子弯腰吟思。有个数学老师对我说："王老师，灌浆的稻子应该是直挺挺的，怎么会弯腰？这可是生活常识啊！"天啊，我闹了个大笑话。后来，我把这件糗事讲给学生听，并严正地告诉他们，在写作中，一定要注意细节的真实，而要做到这一点，就必须认真观察生活，体验生活。有个学生站起来说："老师，那你的'王氏造诗法'怎么办呢？"我说："同学们，以后可以借鉴别人的写作手法，切不可胡编乱造。文学来源于生活，又高于生活。'王氏造诗法'以后不能再用，里面含有'三聚氰胺'。"学生们听后又是大笑，笑声中充满了对我的宽容。

　　更多的时候，我讲给他们我构思的诗句片羽。东风吹来，我说"树木向新的年轮进发，泥土上茁壮成长的，是乡村节节攀高的幸福之花"；夏夜，我说"静夜一池蛙鸣，让我听到了乡村热烈的心跳"；萧瑟秋天，我说"树叶落了，我的心中秋风悲鸣"；冬日暖阳照，我说"久违的太阳用温柔的手指，在我冰冷的心灵按下了温暖的琴键"。

有人说，写诗的人很可爱，比如陶渊明，比如李白，比如苏轼。现在我反观自己，觉得喜欢写诗的老师好像也很可爱，时时抒情，爱卖弄，不避丑。我想，如果我和学生之间有一个空间的话，那可能就是一条小河，里面荡漾着诗情，向前，向前，一直奔向诗意人生的海洋。

我们教过多少"乌龙知识"

早在去年九月,就有教师质疑新版的小学语文教材中存在杜撰名人故事的问题。比如有几位老师质疑《爱迪生救妈妈》一文,这篇课文的大意是,爱迪生刚满七岁时,就用镜子反光的原理来照明,使医生在自己家里为妈妈紧急做了急性阑尾炎手术。

网友何易经过查证后发现,医疗史上最早对阑尾炎手术的论述是在1886年。爱迪生生于1847年,1886年爱迪生已经是一个四十岁的已婚男人了。也就是说,爱迪生小时候根本不可能有阑尾炎手术,这个故事是虚构的。

这些真实历史人物身上的"乌龙事情",是一些写手为赚稿费而杜撰出来的。可是,把它们作为教材向学生进行美德教育,我想小学教师们一定会觉得喉咙里像吃了个苍蝇般难受。

我是高中语文教师,不用去讲那些个虚假故事来夸赞美好心灵。但是有一回,我却真真切切地吃了个大苍蝇。

那一次,我在班会上告诫学生要认真读书,引用了哈佛大学图书馆的训言，我大声朗诵道："请享受无法回避的痛苦吧！"几个学生笑了，我问他们为什么笑。一个学生拿出来一张报纸说："老师，那训言是杜撰的，你看这里有报道呢。"我一看，真真切切的，白纸黑字，那训言是假的，我感觉很尴尬。

说实话，我不久前才买了畅销书《哈佛图书馆墙上的训言》，我对这些训言喜欢得紧，而且还用其中的一条做标题写过文章。可过了才十来天，竟然被告知那是假书，那训言是杜撰的，这，这，这……

我已经被确认为上课向学生灌输"乌龙知识"！难受！

我也无法统计，教书十多年来自己向学生传授过多少"乌龙知识"！

无可否认，现在图书市场上写给学生读的书最容易卖钱，2009年度中国作家富豪榜的前三甲都是写学生读物的作家。所以我真的希望，出书人抱着严谨审慎的态度，带给我们的孩子一些"高纯度"的知识。

尽信书，不如无书，以后买书看书，我也会做到会冷静而理性一些！

学生如子涉世初

高考结束,又一届学生毕业了,他们几乎都已步入成年人的行列,要么到大学深造,要么走上社会。成熟是一种期待,更是一种幸福。成年了,意味着更进一步的自由,也意味着更深一层的责任和义务。学校在大礼堂里隆重召开了高三学生大会,学校领导和老师们深情祝福孩子成年,更对孩子们寄予了很大的期望。

会上,郑校长送给同学们三句话,让大家感触很深:"一等人忠臣孝子,两件事读书耕田。""浴不必江海,要之去垢;马不必骐骥,要之善走。""做普通人,干正经事,可以爱小零钱,但必须有大胸怀。"

郑校长是个很有才情的人,博览群书,言语温雅,这三句话引自大作家贾平凹的《女儿出嫁言》。郑校长说,孩子离开母校,就好比女儿出嫁。这是一个形象而又深情的比喻。贾平凹对女儿疼爱有加,对女儿未来的幸福有着殷切期望。郑校长也是个温慈仁爱的长者,关爱学生,把学生当作是自己的子女。学生如子涉世初,孩子们即将离开母校,离开他的身边,他内心充满了不舍与祝福。质朴的三句话,慈父心肠,也道出了青年人为人处世的准则。

"一等人忠臣孝子，两件事读书耕田。"人是平等的，不分三六九等，但是人的道德素质却是有优劣高下。做人就应该做个对国家有用的人，热爱祖国；要做个对家庭有责任的人，知道感恩。喜欢读书是一种情怀，是享用一生的精神财富；认真工作就一辈子有饭吃，不愁吃穿。虽是短短数言，却概括了人生的精义，是青年人所必须牢牢记住的人生箴言。

"浴不必江海，要之去垢；马不必骐骥，要之善走。"人生一世，要懂得知足常乐。自己的欲望要结合实际，不做非分之想，要量力而行，适可而止。人比人，气死人。这山望着那山高，欲壑难填，人就难以快乐。天天抱怨，永不满足，在名利的追逐中疲惫不堪，就难以体会幸福。幸福不能用物质的多寡来衡量，也不能用地位的尊卑来标榜，从容淡定，学会知足，才能在平凡的生活中品尝幸福的滋味。

"做普通人，干正经事，可以爱小零钱，但必须有大胸怀。"平淡是真，外表轰轰烈烈，回家还是柴米油盐。人要关注的不是外在的形式壮观，而应该是内心的波澜壮阔。"君子爱财，取之有道"，爱点小钱，不蝇营狗苟，不贪赃枉法，不奢侈，活得精致；遵纪守法，堂堂正正，光明磊落，这是多么可爱的人生。热爱工作，醉心事业，懂得爱，懂得宽容，目光放向未来，这是大胸怀，胸怀决定人生高度，决定事业规模。

愿这三句恳切的话语张开翅膀，永远飞翔在青年人生的天空；愿这三句恳切的话语散发清香，永远萦绕在青年前进的路途。

学生如子涉世初，师心款款勤叮嘱！成人肩头担家国，道义修身爱修福。同学们，衷心地祝福你们奔赴灿烂的前程，祝福你们奔赴幸福的未来！

萤火虫吃蜗牛

刚走上讲台时，我在一所偏僻的山村学校任教。

一天，我在读一篇学生写的优秀习作，里面描写夏天夜晚景色的文字很美。我声情并茂地读着："在天鹅绒般的深蓝色天空中，星星像顽皮的孩子在眨着眼睛，弯弯的月亮散发着清淡的光芒。我们坐在草垛上说笑着，萤火虫打着灯笼在我们头上飞舞，地上还有一只萤火虫站在蜗牛的背上玩耍……"

同学们都听得入了神，但是龙冰却对同桌刘飞在讲着什么，讲得很带劲。龙冰这孩子上课总是不能集中精力，还老是发一些奇谈怪论。我停止了朗读，把龙冰叫了起来，问："龙冰，你又在讲话了。你在说什么啊？给大家讲讲！"龙冰被老师批评惯了，他站起来低着头，一言不发，这是他面对老师批评认错的一贯表情。

我问刘飞，刘飞说："老师，龙冰对我说，萤火虫站在蜗牛的背上不是玩耍，是在吃蜗牛呢。"教室里顿时哄堂大笑。

龙冰的脸涨得通红。我揶揄地说："龙冰，你见过蚂蚁吃大象吗？"

同学们又是大笑。龙冰好像不服，回答道："老师，萤火虫真的是吃蜗牛的，我表哥给我买过一本杂志，我在上面看到过萤火虫吃蜗牛的事情。"我说："那本杂志呢？"龙冰说："我家里人上厕所撕掉了。"同学们又是爆笑。我说："你还狡辩，你告诉我它是怎么吃蜗牛的？它的嘴巴有多大，它有牙齿吗？"龙冰说："这我就记不清了。"我生气地说："好了，龙冰，你每天脑袋里就是想这些个稀里古怪的东西，书不好好读，真是一块木头疙瘩，坐下吧！"龙冰呆呆地坐下，眼睛里噙着泪水。

这只是山村教书时的一个小小的插曲，关于萤火虫吃不吃蜗牛我根本就没有放在心上，我只是关心学生是不是认真地听老师的话。

这件事情也随着时间的推移渐渐地模糊了。

七年后，我来到了县城任教，我添置了很多书籍，还配备了电脑。

一天我读到一本科普读物，里面的一则标题深深地刺痛了我的双眼、我的心，掀起我心底一段充满愧疚充满自责的记忆。那篇文章的标题是：萤火虫吃蜗牛。我急忙看下去，惊讶得不得了，里面写道：萤火虫的幼虫和成虫均捕蜗牛和小昆虫为食。萤火虫的头顶有一对颚，弯拢来就是一把钩子，钩子上有一条沟槽，很细小也很尖利。萤火虫先用颚在蜗牛肉体上轻轻敲打，蜗牛根本不在意。萤火虫的敲打其实就是向蜗牛注射一种毒液，蜗牛失去了知觉。萤火虫再敲几下，注射另外一种液体，使蜗牛的肉变成流质，然后用管状的嘴喝下去。

天！萤火虫真的吃蜗牛，而且是用这种方法吃蜗牛。

这篇文章给我上了一堂很好的科普知识课，更是给我上了一堂很好的"为师之道"课。

想到七年前的那堂课，想到我上课说出的讥笑的话语，想到龙冰那双流泪的眼睛，我的脸涨得通红，我的心异常地疼痛。

我的心底有许多感慨。也许，我们不能苛求每个老师都能上知天文，下知地理，琴棋书画，无所不通。知识无涯，老师掌握的知识不一定就比学生多，所谓"师不必贤于弟子"。但是，作为一个老师，万万不能以师长的权威，来想当然地草率地讥笑打击孩子求知的心。在科学面前，千万不能"强不知以为知"，不能武断地评判孩子广泛涉猎的知识或者孩子心中美好的梦。如果一个老师都没有对待科学实事求是的态度，又怎能教育学生养成求真的精神？

以后，无论课内课外碰到学生提出的我所不知道的疑难问题，我都会跟他们说一句：同学，这个知识我也不太了解，我帮你查一下资料，回头再告诉你好吗？

如果下一次遇到龙冰，我会诚恳地对他说：龙冰，对不起，老师错了，萤火虫确实吃蜗牛的！

成长在温柔呵护中

我的初中学习生活是在一所农村中学度过的,记得那时老师和学生走得很近,相处非常融洽。

班主任刘永海老师是我的数学老师,三十来岁,是个平易近人充满慈爱的人。他的口才很好,说话滔滔不绝,平和的言语中却也不乏幽默。记得他经常拿生活中的事物来喻证数学理论。一天他给我们讲相反数,已经是上午第四节课,食堂的甑蒸饭的香味飘进了教室。过了不久,我们又闻到了一股臭气,大家都捂着鼻子,原来,附近的农民到学校的厕所舀大粪来了。这时刘老师说:"同学们,这就是相反数,相反数啊,一边香,一边臭。"说完大家都哈哈大笑起来,臭气给我们带来的不快顿时一扫而光。

刘老师还有一个特点,那就是特别"磨人"。对待犯了错误的孩子,他不打不骂,就和你聊家常,聊人生道理,抓住你不放,不停地聊。同学们都怕刘老师温柔的"磨人",说这是一种爱的教育武器。

我当时学习成绩很优秀,更喜欢出风头。一次上政治课的时候,政治老师问同学们有些什么爱好。同学们都大声地回答说喜欢踢球、看书等等，课堂气氛很热烈。我觉得大家说得都不搞笑，便语出惊人："喜欢'者女崽子'（奉新话，泡妞的意思）。"大家都哄堂大笑起来，我在那里洋洋自得呢！政治老师很生气，大声斥责我，叫我站起来，我不站。政治老师说："你这哪里像个学生啊？"我说："我觉得你还不像老师呢！"在教室里，我和政治老师差点动起手来。

课后，我被刘老师带到了办公室。刘老师好像并不生气，他甚至没有谈上课的事情。他问我爸爸的名字，又问我妈妈的名字，然后跟我谈了一番取名字的问题。第二天课后，刘老师把我叫到办公室，在刘老师的追问下，我开始回忆爷爷关爱自己的点点滴滴，然后谈起了感恩的话题。第三天放学后，刘老师找我到办公室……刘老师很健谈，围绕一个话题总会作无边的延伸，直至古今中外、天文地理、人生道理，只要你在他身边，他会说个不停。

可是我烦啊，相当烦，每次去办公室我头都大了。我的心中有气，可刘老师态度很温和，慢慢地，心中对他的气也就变成了一种感动！

第十二天的晨读时间，刘老师把我叫到走廊上，开始了思想工作。那时太阳已经出来了，洒向世界一片柔和的光芒。刘老师在滔滔不绝讲着人生道理，口水四处飞溅。太阳映射在刘老师的脸上，忽然我发现刘老师的嘴角出现了一个七彩的小光环。

我屈服了，在课堂上公开向政治老师道歉。我被刘老师的那番耐心，那条挂在嘴角的"彩虹"彻底征服了。我认识到了自己的错误，更感受到了老师那片诚挚的爱生之心，。

刘老师的"磨人"，其实是一种刚柔相济的关爱。

刘老师的家就在学校，尽管房子不大，他也适得其乐。对于我们这些住校生来说，刘老师的家就是我们的一方乐土。只要我们去了他家，刘老师就会放下手中的活儿，陪我们说笑。刘老师家里有许多书，他最爱看《三国演义》，他经常给我们讲其中的故事。刘老师曾经对我们说了他读《三国演义》遇到的疑问：三国时代没有电话，没有报纸，没有电视机、书音机，诸葛亮一直隐居隆中，当刘备三顾茅庐时，诸葛亮怎么能将天下大事分析得那么精辟透彻？他是通过什么途径了解国家大事的？这个问题一直盘旋在我的脑海中，长大后我也试图去了解，但直到现在也没有找到让人信服的答案。现在的我喜欢文学，与刘老师给我们讲解《三国演义》有很大的关系。

当时农村中学老师的生活都比较清苦，刘老师在学校附近的村子里辟了个菜园。有时，我们会去菜园里帮刘老师拔草、浇地。他的菜园里还种了很多花，他就教我们认花的品种，还教我们怎样种菜。那时，农村初中还没有什么活动课程和场地，刘老师的菜园其实就成了我们的第二课堂。

还有一件小事，让我永远铭记心怀。夏天，田野里的鳝鱼肥了，我和一个同学商量，晚上爬出去抓鳝鱼给刘老师吃。

凌晨三点多，我和同学满载而归。翻墙进校。远远就看见有个人坐在宿舍铁栅栏前的路灯脚下，睡着了。走近一看，我们惊呆了，那个人正是刘老师。

刘老师肯定是因为我们逃出校门的事情而来的。我们不敢叫醒刘老师，怕他的"连绵不绝"的谈心；我们也不敢爬铁栅栏进寝室，觉得刘老师等了一夜，要让他知道我们已经回来了。我们就这样站在那里，静静地看着刘老师，泪水模糊了双眼。

刘老师醒了，看见了我们。刘老师的脸上却没有丝毫的怒容，他说："啊，你们回来了，我找了你们一晚上呢。没找着，就坐在这等你们了！"我向刘老师交待了抓鳝鱼的事情。刘老师听后，只是心平气和地说了一句："谢谢你们。回来了就好，回来了就好。晚上出去太危险了，田野里有蛇的。以后可再也不能这样了，再也不能这样了。夜深天凉，赶快回去睡吧，记得盖好被子。"我们抑制不住，失声哭了起来……

第二天，刘老师对我们说："孩子们，你们的心意我领了。我们将功赎过好不好，把这些鳝鱼全部送给乡里的敬老院。"我们答应了。

少年时代的我成长在刘老师的温柔呵护中。他就像是甘甜的雨露，滋润着我成长的土地；他就像是一盏明灯，点亮在我懵懂的心里。我深深体会到了人民教师的慈爱与智慧，也懂得了人民教师的伟大和光荣。许多年以后，在人生的十字路口，我选择了做一名人民教师，我也将人师的情与爱洒向每一个孩子的心田。

我和傻小子有个约定

初一（2）班的班主任罗老师调走了，学校让我教这个班的语文，并且担任班主任。罗老师临走前把班上的情况给我说了一下，我印象最深的就是班上的刘伟同学，因为罗老师说这个同学成绩较差，但是很诚实，从不说假话。同学们给他起了个外号叫"傻子刘"。

第一次给他们开班会时我对全班同学说："同学们，做人要真诚，做对了要坚持，做错了要改正，还要道歉。"

一天上课，我走进教室，看见讲台上的粉笔全都被碾得粉碎，黑板擦也弄烂了。看见这片狼藉的景象，我便问昨天的值日生张浪是否知道是谁干的。张浪站起来说："我不知道，我昨天下午放学后玩了一会儿球，然后回教室扫地时就发现粉笔和黑板擦成这个样子了。"

这时刘伟站起来说："老师，张浪他撒谎，昨天放学后，我回教室拿东西，看见张浪用凳子在砸粉笔和黑板擦。他还威胁我叫我不能讲出去。"

我惩罚张浪再扫五天的地，并且大大得表扬了刘伟一番。

第二天，刘伟哭着来到了我的办公室，说："王老师，昨天放学后，张浪打了我，说我告密。"

我说："刘伟，同学们经常欺负你么？"

刘伟点点头说："因为他们经常说我打小报告，所以欺负我。"

我说："那你怕不怕呢？"

刘伟说："老师，我不怕。我妈妈说孩子一定要诚实。"

刘伟的母亲已经去世多年了，父亲又常年在外地打工。他跟着爷爷奶奶生活。

我说："好样的，刘伟，老师一定会支持你，保护你的。"

刘伟好像受了极大的鼓舞，说："老师，我记得你的话，做人要真诚，做对了要坚持，做错了要改正，还要道歉。"我伸出手，和他击掌。这是刘伟和我之间的一个约定。

后来我狠狠地批评了张浪，并且要求张浪向刘伟道了歉。

我想把刘伟的成绩提高上来。周末，我去了一趟刘伟的家中。一开门，就闻到了一股浓烈的中药味。刘伟的奶奶在熬药，刘伟在一旁洗菜。原来，刘伟的爷爷一直身体不好，要坚持服药，刘伟回到家中就要帮助奶奶干家务活。刘伟的父亲在外打工没赚到什么钱，奶奶每天还要给人家做做打扫卫生之类的钟点工，赚点钱贴补家用。家中的活儿基本上是刘伟来做的。

看到刘伟的家庭情况，我感到非常的心酸。

开班会的时候，我介绍了一下刘伟家的困境，同学们听着听着眼睛都湿了，有的同学还哭了。同学们都开始关心刘伟，教刘伟做作业，并且和他一起玩。刘伟学习也更认真了，成绩有所提高。

一天在讲解练习时，遇到了一个词——呆板，我说"呆"是个多音字，这个词应该读作 ái bǎn，并且在黑板上写了这个词语的拼音。我还没有写完，刘伟就站起来说："老师，你错了，这个词应该读作 dāi bǎn。"我重重地重复道："读 ái bǎn。"刘伟说："老师，我昨天预习的时候，问了隔壁家的姐姐，她正读高三，说呆字现在已经统读了，只有一个读音，念 dāi。"刘伟说得理直气壮，我感觉自己有点出丑，千万不能在学生面前丢面子啊！我说："刘伟，你是不相信老师咯。"刘伟说："老师，你确实是讲错了嘛！"我说："可是教参书上的答案也是 ái bǎn 啊。"刘伟说："老师，你说过'尽信书不如无书'，书上也可能会有错误。"同学们都纷纷指责刘伟了，说："刘伟，老师怎么可能讲错呢？你不要太过分了。"我说："不要争了，大家按照我说的，读 ái bǎn。"那时，我看见了刘伟眼睛里怀疑而迷惘的目光。

我不知道那节课是怎么上完的，课后我问了几个教语文的老师，他们都说这个词语读 ái bǎn，并没有同学提出异议。我查了一下自己的那本老版的新华字典，里面还是读作 ái bǎn。可是刘伟是个诚实的孩子，我想他一定是问了读高三的学生了。难道这个词确实统读了么？我打电话给了一位教高中语文的同学，他告诉我，这个词语现在是统读了，可能有些词典和教科书还没有更正过来。

我到书店买了本最新版的《现代汉语词典》，发现里面的"呆"字确实只有一个读音。我脸红了，火辣辣的，我更新信息的观念太落后了！天啊，我该怎么向学生解释，这是多丢面子的事情啊！做人要真诚，做对了要坚持，做错了要改正，还要道歉，我想起了曾经我在班上说过的话，想起了和刘伟之间的那个约定。

以往教育学生，自己说得是头头是道，可是轮到自己了，却是一片茫然。我是不是应该向学生道歉？是教师的面子重要，还是真诚做人的原则重要？……

在课堂上我郑重地向同学们道了歉，并且更正这个词语的正确读法为 dāi bǎn。我看见了刘伟高兴而激动的眼神，像是对我的支持和鼓励。事后我反而觉得心里无比地轻松。

谢谢你，傻小子，你让老师知道了更新知识的重要性，你更让我懂得了，一个人民教师应该如何切实履行真诚做人的约定。

高考前的生日之花

　　有人说，高考前后的日子就是学子的一生，它高度浓缩了人生的酸甜苦辣，喜怒哀乐，浸透了奋斗的泪泉，饱含了磨炼的伤痛……

　　教室里鸦雀无声，望着班上五十二个紧张忙碌的身影，我的内心也无比紧张。虽然已不是第一次带毕业班，但是每带一届都有一种新紧张。高考不仅是对学生的考验，也是对老师的考验，尤其是班主任。这些孩子跟着我三年了，一千多个日日夜夜的相濡以沫，每一个孩子的音容笑貌似溪水一般从我的心上流过。不到十天，他们就要踏上人生的考场了！

　　忽然，教室里响起了"砰"地一声，所有人都吓了一跳。原来李伟俊同学猛地拍了一下桌子，我连忙把他叫到了教室外面。

　　李伟俊是个淳朴的农家孩子，家境较苦。来到县城读高中后，也曾一度迷惘过。高一时，班上流行生日吃喝风。李伟俊得知自己的生日和我是同一天，非要请我去吃饭，班会课时被我狠狠地批评了一顿。以后班上同学过生日只是互送卡片而已。李伟俊也比以前更认真了，特别是进入高三后，经常读书到深夜，成绩突飞猛进。

我问李伟俊为什么拍桌子。李伟俊说："老师，试卷上的那道题我怎么也做不出来，都快高考了，这样的水平怎么去考大学？"原来他是因为着急而无法自控。我微笑地对他说："伟俊，你是一定能考上的，所有的老师都对你有信心，你自己更要有信心。一定要好好调整心态，这比做出一道题更重要。"我闻到他身上有一股汗馊味，昨天晚上肯定没洗澡。我接着对他说："试卷你先别做了，课后到办公室我教你，你现在到寝室里去冲个澡，把头脑清醒一下。"

考前学生的心理调节实在是太重要了，不同的学生总会出现不同的情况。我想，也许应该搞一个活动，让学生暂时放松一下，暂时远离高考的硝烟味。

老婆打电话来说："老公，明天是你的生日，我们到哪儿庆祝一下？"我说："算了，明年再过吧，马上就要高考了，哪有时间啊？"对了，我的生日不正和李伟俊是同一天吗？何不借这个机会……

第二天晚自习，为了不妨碍其他班上课，我把全班同学请到了会议室。一进会议室，同学们都哇哇地大叫起来，会议室没有开灯，点了五十二支蜡烛，主席台上放了一只三层的大蛋糕，大黑板上写着：伟俊，祝你生日快乐！

在作了个简短的程序布置以后，李伟俊的生日派对有条不紊地进行。大家都争先恐后地上台表演，几乎每个同学都拿出了自己的绝活，没有了往日开晚会或回答老师提问时的忸怩神态，大家都神采飞扬，意气风发。我觉得那好像已经不是生日派对，而是一场学生们展现自我、释放心情的晚会。

尽管只有短短的一节课，但是我想一定能多带给学生一份自信，一份轻松，一定能让他们在人生的考场上增添几分游刃有余的应对。我在心中时时祝福他们：孩子，成功啊！这，正是我作为一个人民教师的心愿！

批改完作业，很晚才回到家中。老婆对我说：老公，今天下午你班上的学生送了件生日礼物给你。

　　那是个大纸箱，我打开箱子一看，里面是一套平装《二十四史》，还放着一张大卡片，上面写着：老师，您辛苦了，谢谢您！这些书您一定要收下！快高考了，您千万别紧张，我们都已经长大了，我们会努力的！祝您生日快乐！高三（5）班全体学生敬上。

　　读着读着，我的眼泪流了出来。

　　老婆说：老公，快来许个愿、吃蛋糕，再过十分钟就到凌晨一点了。

　　从教已经十几年了，我深深地懂得了人民教师的辛勤与艰苦，也更体会了人民教师的伟大与光荣。是的，教师是什么？教师其实就是在爱的土地上耕耘劳作的人，他播撒下爱，他付出着爱，他也收获着——爱。